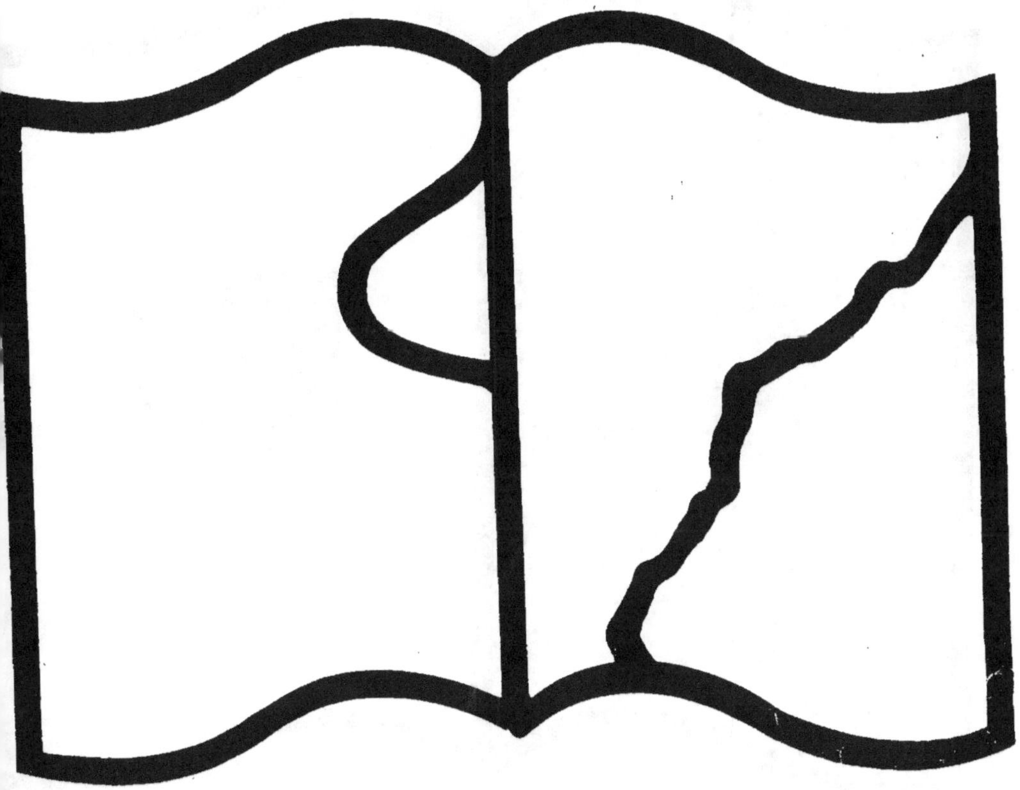

Texte détérioré — reliure défectueuse

NF Z 43-120-11

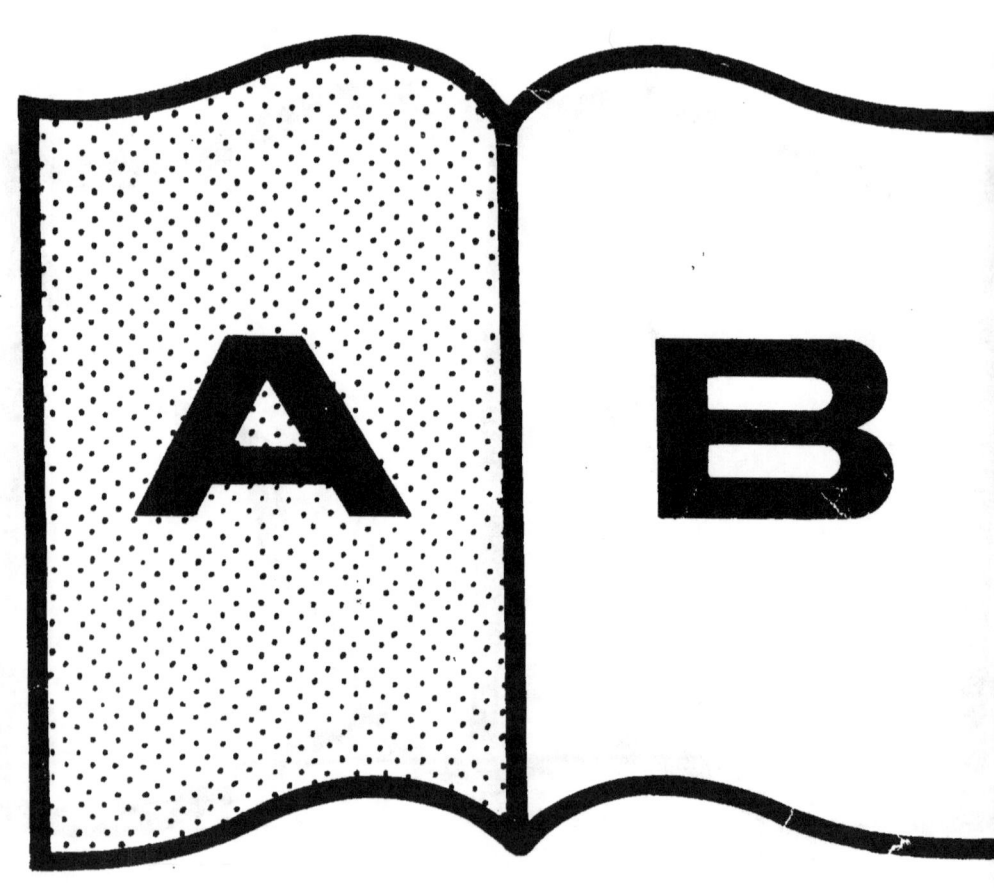

Contraste insuffisant

NF Z 43-120-14

Scotin Sculp.

LE
COUREUR
DE NUIT,
OU
LES NEUF AVANTURES
DU CHEVALIER
DOM DIEGO.

Revûës, corrigées & augmentées.

A PARIS, RUE S. JACQUES;

Chez H UART l'aîné, près la Fontaine
S. Severin, à la Justice.

M. DCC. XXXI.

Avec Approbation & Privilege du Roy.

APPROBATION.

J'AY lû par Ordre de Monseigneur le Garde des Sceaux un Livre qui a pour titre : *Le Coureur de Nuit*, & j'ai cru qu'on pouvoit en permettre l'impression. A Paris le 15 Mars 1731.

MANNOIR.

PRIVILEGE DU ROY.

LOUIS par la grace de Dieu, Roy de France & de Navarre : A nos amez & feaux Conseillers les Gens tenans nos Cours de Parlement, Maîtres des Requêtes ordinaires de notre Hôtel, Grand Conseil, Prevôt de Paris, Baillifs, Sénéchaux, leurs Lieutenans Civils & autres nos Justiciers qu'il appartiendra, SALUT. Notre bien amé GUILLAUME, Libraire à Paris ; Nous ayant fait supplier de lui accorder nos Lettres de Permission pour l'impression d'un Livre qui a pour titre : *Le Coureur de Nuit*, *avec Figures*, offrant pour cet effet de le faire imprimer en bon papier & beaux caracteres, suivant la feüille imprimée & attachée pour modele sous le Contrescel des Présentes, Nous lui avons permis & permettons par ces Présentes de faire imprimer ledit Livre ci-dessus spécifié, conjointement ou séparément, & autant de fois que bon lui semblera, & de le vendre, faire vendre & débiter par tout notre Royaume pendant le tems de trois années consécutives,

à compter du jour de la datte desdites Présentes. Faisons défenses à tous Libraires, Imprimeurs & autres personnes de quelque qualité &
condition qu'elles soient, d'en introduire d'impression étrangere dans aucun lieu de Notre
obéissance : à la charge que ces Présentes seront
enregistrées tout au long sur le Registre de la
Communauté des Libraires & Imprimeurs de
Paris, & dans trois mois de la date d'icelles ;
que l'impression de ce Livre sera faite dans notre
Royaume & non ailleurs ; & que l'Impétrant
se conformera en tout aux Réglemens de la Li-
brairie, & notamment à celui du 10 Avril
1725, & qu'avant que de l'exposer en vente,
le manuscrit ou imprimé qui aura servi de copie
à l'impression dudit Livre, sera remis dans ce
même état où l'Approbation y aura été donnée
ès mains de notre très-cher & féal Chevalier
Garde des Sceaux de France le sieur Chauve-
lin ; & qu'il en sera ensuite remis deux Exem-
plaires dans notre Bibliotheque publique, un
dans celle de notre Château du Louvre, & un
dans celle de notredit très-cher & féal Chevalier Garde des Sceaux de France le sieur Chau-
velin : le tout à peine de nullité des Présentes.
Du contenu desquelles vous mandons & enjoi-
gnons de faire joüir l'Exposant ou ses ayans cau-
ses pleinement & paisiblement, sans souffrir qu'il
leur soit fait aucun trouble ou empêchement.
Voulons qu'à la copie desdites Présentes qui sera
imprimée tout au long au commencement ou
à la fin dudit Livre foy soit ajoûtée comme à
l'Original. Commandons au premier notre Huis-
sier ou Sergent de faire pour l'exécution d'icelles
tous actes requis & nécessaires ; sans deman-

der autre permiſſion, & nonobſtant clameur de Haro, Charte Normande & Lettres à ce contraires : C A R tel eſt notre plaiſir. D O N N E' à Paris le trentiéme jour du mois de Novembre l'an de grace mil ſept cens trente, & de notre Regne le ſeiziéme. Par le Roy en ſon Conſeil.

Signé, S A I N S O N.

Regiſtré enſemble la ceſſion, ſur le Regiſtre V I I I. de la Chambre Royale des Libraires & Imprimeurs de Paris N°. 73. fol. 73. conformément aux anciens Réglemens confirmez par celui du 28e. Février 1723. A Paris le 11. Décembre 1730.

Signé, P. A. L E M E R C I E R, *Syndic.*

Je cede à Meſſieurs Morin & Brunet fils à chacun un tiers au préſent Privilege, ſuivant l'accord fait entre nous.

L. G U I L L A U M E.

De l'Imprimerie de P. G. L E M E R C I E R fils, ruë Saint Jacques 1731.

LE
COUREUR
DE NUIT.
O U
L'AVANTURIER
NOCTURNE.

De DOM FRANCISCO DE QUEVEDO
VILLEGAS, *Chevalier Espagnol de*
l'Ordre de S. Jacques, Seigneur de la
Ville de Ivan Abad.

 E seroit une invocation
tout à fait inutile que celle
de l'assistance d'Apollon,
dans le récit que je prétens
faire de la vie de notre Avanturier
Nocturne ; puisque la clarté du jour
lui étoit autant odieuse qu'elle est

A

agréable au reste du monde ; & si je
prétendois de reclamer quelque sorte
de Divinité pour m'aider dans cet ou-
vrage , je ne pourrois mieux m'adres-
ser qu'à Diane , comme à celle qui a
présidé de tout tems sur les ombres
de la nuit ; mais ne se trouvant point
de ténebres pour obscures qu'elles
puissent être , qui ne soient mêlées de
quelque clarté , de laquelle il n'y a
point d'autre origine que le Soleil ,
je m'adresserai plûtôt à l'encre qu'aux
Astres , puisque c'est elle qui m'est le
plus nécessaire dans cette occasion ;
& je ne doute point qu'elle ne soit
d'autant plus portée à favoriser mon
entreprise , que c'est la couleur & la
livrée qui étoit la plus agréable à cet
Avanturier de nuit. Que si par une
antipatie de couleurs le papier vouloit
s'offenser de voir sa blancheur tachée
par mes broüillons , je le supplierai de
vouloir bien souffrir cet outrage , &
de le laisser passer dans le nombre de
tant d'autres affronts , qu'il reçoit
journellement de quantité de mains
téméraires & ignorantes , qui salissent
sans aucun respect sa candeur , ce qu'il
endure néanmoins si patiemment. As-

fiftez-moi donc, teinture noire, puifque c'eft vous qui donnez tout l'éclat
à la renommée des mortels, & commençons enfemble à publier les actions du Chevalier errant des Cime-
tieres, de cet ennemi irréconciliable
du jour, & de cet intime ami des
chauve-fouris, des hiboux & des chats
huants. Mais fans m'amufer à lui vouloir donner tant de fi honorables titres,
pour en faire l'ornement de cet ou-
vrage, il me femble que la verité de
laquelle il eft accompagné, lui don-
nera affez de grace, pour qu'il ne foit
point affez malheureux de déplaire à
ceux qui fe voudront bien donner la
peine de le lire.

La ville de Talavere, une des plus
remarquable du Roïaume de Tolede,
d'autant que fa fituation eft fur les
rives du Tage doré, fut celle qui donna naiffance au perfonnage héroïque
de cette véritable hiftoire. Il étoit
d'une famille auffi noble qu'exempte
de reproche; ce qui le mettoit à couvert du fur-nom d'illégitime, qui ne
lui appartenoit nullement : on ne
pouvoit lui reprocher de fuivre les fentimens du Judaïfme; & enfin il étoit

A ij

assez pourvû des biens de la fortune.
Il se trouvoit néanmoins assez de choses à retrancher dans les mouvemens
de son esprit ; mais il est en même-
tems assuré que ces défauts ne procé-
doient que d'une curiosité excessive,
& d'une humeur si généreuse, qu'elle
le portoit sans peine à des actions que
tout autre eût fait difficulté d'entreprendre. Sa Maison fut dès le commencement de sa naissance, un théâtre de tristesses & d'afflictions, puisque son pere mourut en un duel où
il avoit été appellé, & quoiqu'il y
fût vaincu, il laissa cependant sa fa-
mille extrêmement honorée de sa valeur. Sa mere, suivant l'usage ordinaire des veuves de ce tems, qui n'at-
tendent plus pour se remarier, que
le bout de l'an du décès de leurs ma-
ris soit achevé, fut si diligente à prendre un parti, qu'il n'y eut que très-
peu de distance entre les nouvelles que
l'on reçût de son veuvage, & celle
qui se divulguérent de son mariage.

Notre Cavalier étoit le cadet de
deux freres, l'aîné desquels s'adonna
si fort à l'exercice de l'escrime, qu'il
en devint par la suite un des plus sça-

vans bréteurs, ce qui ne pût néanmoins le préferver de perdre un œil
dans un combat, & ce qui lui eût été
fort avantageux, s'il eût voulu augmenter le nombre des tireurs d'arba-
lêtre. Pour ce qui eft du fecond, il
mit toutes fes efpérances en l'air, en
fe rendant excellent joüeur de pau-
me, dans la penfée de pouvoir faire
un jour une importante fortune ; mais
dans le nombre des fautes qui fe rencontrent dans ce jeu, il en fit une
tout-à-fait irréparable, qui fut, que
s'y échauffant un jour avec excès, il
en contraƈta une pleuréfie de laquelle
il mourut, laiffant les pauvres balles
& les malheureufes raquettes orphe-
lines d'un patron qui les chériffoit
beaucoup au-de-là de fa vie. Le cadet,
qui fait le fujet de ce Livre, fut dans
fa jeuneffe nommé feulement Dom
Diego, & lorfqu'il eut atteint un âge
plus avancé, il y en eût qui y ajoû-
terent le nom de Lucifuge, de même
que quantité d'autres qui ne pouvoient
lui donner d'autre titre que celui de
Dom Diego le Noƈturne, par la raifon qu'il fuïoit avec autant de foin
la lumiere, qu'il cherchoit avec em-

A iij

preſſement les ténebres & l'obſcurité.
Dès qu'il fut parvenu juſqu'à ſa dixiéme année, il fut mis aux écoles
pour y apprendre la langue Latine,
où ſi le profit qu'il y fit, fut de peu
de conſéquence, du moins il n'y imita
point les manieres pédanteſques de la
plûpart de ceux qui y profeſſoient ;
quoiqu'avec ce peu de capacité il ne
laiſſât pas d'être extrêmement favoriſé de la fortune, puiſqu'à peine avoit-
il ſeize ans, que le ſoin qu'elle prit
de lui fut ſi grand, qu'il fut pourvû
de quantité de Bénéfices, qui l'obligeoient cependant à réſider dans Tolede ; obligation bien agréable à tout
autre qu'à lui, étant tenu de demeurer dans un lieu ſi rempli de délices.

Il y reſta quatre ans, quoique ce
ne fût point ſans contrainte ; & lorſqu'il ſe trouva avoir vingt ans accom-
plis, ſon propre devoir, non plus que
les charmes de cette belle Ville (capables de retenir les plus beaux eſprits)
ne pûrent avoir aſſez de pouvoir pour
l'y faire reſter plus long-tems ; & voulant contenter ſon naturel, porté à
courir inceſſamment tantôt d'un côté,
& tantôt de l'autre, & ſuivre ſes in-

clinations vagabondes ; il donna tous
ses Bénéfices , en se réservant pourtant quelques pensions , lesquelles
étant jointes à ce qu'il avoit de patri-
moine , lui faisoient un revenu de six
à sept mille livres par an.

Il abandonna donc Tolede pour se
retirer à Madrid , résidence ordinaire
de la Cour d'Espagne ; & pour cet
effet , il choisit dans cette noble Cité
le quartier qui convenoit le mieux avec
ses caprices , qui étoit un endroit som-
bre & écarté de la foule , où il acheta
une maison , qui contenoit deux corps
de logis ; l'un desquels il prit pour sa
demeure ordinaire , le meublant & le
faisant bâtir selon sa fantaisie & son
extravagance. Pour ce qui est de l'autre , il le laissa comme il l'avoit trouvé , & le fit garnir assez proprement ,
afin d'y recevoir ses amis lorsqu'ils s'en
présenteroit l'occasion. Mais pour être
pleinement informé de la maniere bi-
zarre , dont il accomoda le sien , il faut
sçavoir qu'il en fit aussi-tôt abbattre
tous les plus hauts étages , & le rendit
par ce moyen beaucoup plus bas que
n'étoient toutes les maisons voisines ,
& cela , afin que ces autres lui fussent

A iiij

comme un rempart contre le Soleil,
auquel il portoit une haine mortelle
auffi-bien qu'à toute la clarté, qui provenoit de lui ; & pour lui témoigner
avec plus de force fon inimitié, non
content d'avoir en dépit de cet Aftre,
fait couper la tête à fa maifon, il lui
creva encore les yeux, en faifant bou-
cher toutes les fenêtres par lefquelles
la plus foible lumiere eût pû avoir accès, & n'y laiffa que de petites lucar-
nes qu'il fermoit ordinairement avec
des guichets d'une épaiffeur extraordinaire ; les murailles étoient toutes
tenduës d'une tapifferie noire, de
même que fi par fon décret elles euffent été condamnées à porter éternellement le deüil ; & quiconque l'eût
vûë dans cette parure, fe feroit bien
plûtôt imaginé de voir un fépulchre
pour les morts, qu'une maifon pour
les vivans. Comme il aimoit paffion-
nément la Mufique, il prenoit un extrême plaifir à chanter des vers, & à
pincer la guittare ; deforte que le fré-
quent ufage quil en faifoit, lui acquit
l'honneur de pouvoir aller de pair avec
les plus grands maîtres en cet art. Il ne
vouloit point faire fa cour à la fortune,

& se contentant du bien qu'il possédoit, il ne se donnoit point de peines
ni de chagrins pour l'augmenter. Il
y avoit une grande différence entre la
vie des autres hommes & celle qu'il
menoit ; d'autant que du jour il en faisoit la nuit, ainsi que de la nuit le jour.
Il ne seroit point sorti de chez lui,
si ses yeux eussent encore pû faire quelque distinction des couleurs, & ce
n'étoit jamais que quand la nuit étoit
des plus obscures, & que les ténebres
se répandoient partout ; & si-tôt qu'il
appercevoit le premier point de l'Aurore, il ne manquoit pas de quitter
la promenade, & de se retirer chez
lui, où il bouchoit toutes les ouver-
tures qui eussent pû donner entrée aux
moindres rayons du Soleil, & se cou-
choit dans un lit qu'il avoit fait con-
struire à la mode des Chartreux, c'est-
à-dire, assez semblable à un armoire,
& qui se fermoit de plus avec une cou-
lisse.

Lorsqu'il commençoit sa patroüille,
quoique ce fût à la faveur des plus
épaisses ténebres, il n'avoit jamais
d'autre escorte que son épée, sa rondache pendante à sa ceinture, & le

plus souvent une Guittare entre ses
mains, dont il se servoit à entretenir ses
pensées amoureuses. Dans ses promenades nocturnes, le sort lui fit rencontrer quantité d'avantures, desquelles
il sortit toûjours assez heureusement,
du moins ce ne fut jamais à sa confusion. Si le Lecteur est assez obligeant
de faire tréve à ses ordinaires occupa-
tions, qui ne peuvent être qu'aussi
frivoles que celles-ci, d'autant que de
toutes les actions humaines il n'y en
a point qui ait d'autre but que la vanité, je prétends de lui raconter des
choses, lesquelles, comme je croi, ne
pourront que lui être agréables ; mais
tout aucontraire, j'espere qu'elles lui
feront assez divertissantes & recréa-
tives. Qu'il écoute donc, s'il veut que
je commence.

PREMIERE
AVANTURE.

 **D** A N s le milieu de Janvier, ſaiſon ordinairement froide & encore plus rude aujourd'hui qu'elle n'a été du paſ-ſé , pendant laquelle les gens de la plus chaude complexion ne peuvent s'empêcher de trembler , & principalement lorſqu'ils ſont expoſez aux injures de l'air glacé de la nuit. Notre Dom Diego Lucifuge ſe mit en fantaiſie de ſortir environ ſur les onze heures ou minuit de ſon logis , & d'aller battre le pavé dans les ruës de Madrid, en grattant quelques menuets ou quelques ſarabandes , s'arrêtant par intervales à marier ſa voix avec l'harmonie de ſa Guitarre. Il n'étoit pas encore bien éloigné de ſa maiſon , lorſqu'il ſe mit en poſture devant les feneſtres d'une certaine Dame ; puis

se souvenant aussi-tôt que ce n'étoit
pas la premiere des sérénades qu'il lui
donnoit, & que plusieurs médisans
pourroient bien à ce sujet interpré-
ter mal ses plus innocentes intentions,
& intéresser en même tems la réputation de l'agréable personne qu'il honoroit, & craignant que sa musique
ne servît moins à la loüer qu'à la dif-
famer, il poursuivit son chemin, en
marchant avec lenteur, de même
qu'une personne qui s'éloigne à regret de quelque lieu, & passant de
ruë en ruë, il ne le faisoit à d'autre
dessein, que de se divertir en chantant & en touchant sa Guitarre, selon
que sa fantaisie l'y portoit. Ayant donc
traversé une grande partie de la Vil'e
de Madrid, étant l'heure à peu près
que les cloches de tous les Monaste-
res achevoient de sonner leurs Mati-
nes, il se trouva insensiblement dans
un quartier qu'il n'avoit jamais fréquenté, & qu'il eût pris sans doute
pour le véritable domicile du silence ; sans un mâtin qui se mit à aboyer,
d'autant qu'il avoit pensé de marcher
sur lui. Dans le même instant il entendit ouvrir une fenêtre, & quel-

qu'un qui lui fit *hist hist*, de même
que si l'on eût eu envie de le faire approcher : lui qui étoit prêt à tout,
s'arrêta tout court, & ouvrant les oreilles, il oüit des paroles que l'on prononça tout bas, dont le sens étoit tel.
» Si par hasard vous êtes celui qui
» sortîtes hier d'ici, avec des témoi-
» gnages si convaincans du contente-
» ment que vous y avez reçû, quelle est
» la raison qui vous a pû obliger de re-
» venir si tard dans un endroit où vous
» ne goûtâtes que beaucoup de joye
» & de plaisir ! » Dom Diego Lucifuge, ne demeura pas peu surpris d'une
pareille question ; néanmoins étant
vaincu par sa curiosité naturelle, il
répondit sur le même ton : » C'est
» moi-même, ouvrez, ouvrez, je vous
» prie, dit-il, & je satisferai ponctuel-
» lement à ce que vous souhaittez de
» moi. » A peine avoit-il achevé que
l'on ouvroit la porte de la ruë, & que
l'on lui dit à l'oreille d'entrer, sans
faire le moindre bruit ; il ne se le fit
pas dire deux fois, & sans réfléchir
sur les inconveniens qu'il en pouvoit
arriver, il s'imagina qu'il étoit nécessaire de hasarder le tout pour le tout,

quand il s'agiſſoit de joüir de la bonne
fortune qui ſe préſentoit, comme il
ſe perſuadoit effectivement que c'en
fût une. On le prit auſſitôt par la
main, & après lui avoir fait paſſer
pluſieurs portes, il ſe trouva bien é-
loigné de ſon compte, puiſque bien
loin d'y recevoir les amoureux em-
braſſemens qu'il avoit eſperé, il ſe
ſentit ſurprendre en trahiſon par derriere, & lui ayant ſaiſi ſes armes, on
le mena, ou plûtôt on le traîna aſſez
rudement dans une ſalle, où il y avoit
deux chandelles allumées ſur une table. Il fut alors bien ſurpris de ſe voir
entre les mains de quelques jeunes
droles & extrêmement robuſtes, dont
les manieres & les regards ne le mena-
çoient que de la perte de ſa vie. Aïant
jetté les yeux par tout, il apperçût un
vieillard d'un aſpect tout-à-fait vénérable, qui étant aſſis dans un fauteuil
s'adreſſa à ceux qui tenoient notre
Avanturier, & d'une voix qui marquoit aſſez ſa colere, leur tint ce diſcours. » Pourquoi, leur dit-il, me
» l'avez-vous amené vif? & que ne
» l'avez-vous poignardé en le ſurpre-
» nant! Puis lançant de furieux re-

gards fur Dom Diego : Barbare,
» lui dît-il , je ne fçaurois me perfua-
» der que tu puiſſe tirer ta naiſſance
» d'un ſang noble & ſans tâche : Sce-
» lerat que tu es , dis-moi , en quoi
» cette vieilleſſe tremblante que tu
» vois t'a-t-elle pû offenſer ; pour t'o-
» bliger à lui ravir l'honneur ſur le
» bord de ſa ſépulture, qui eſt un en-
» droit où même les plus infames ſou-
» haitent d'arriver ſans honte & ſans
» reproche. Si je t'avois donné quel-
» que ſujet de te vanger de moi, que
» ne l'as-tu fait ſur ce peu de vie qui
» me reſte , & non pas t'attaquer à ma
» réputation qui doit être éternelle.
» Mais je vois bien que ton deſſein
» n'étoit autre que de me traiter plus
» cruellement que n'eût pû faire un
» boureau , en te reſolvant de m'ô-
» ter deux vies en un ſeul coup ; puiſ-
» que tu ſçavois bien qu'en me frap-
» pant par cet endroit, tu me perçois
» juſques au fond du cœur : Ta bru-
» talité m'a fait une injure ſi étrange
» & ſi exceſſive, que quoique ta vie
» me ſoit immolée ici, pour répara-
» tion de ton infame crime , tu me
» feras néanmoins perpetuellement

» redevable, d'autant que ta mort fer-
» vira beaucoup plus d'exemple pour
» autrui, que de fatisfaction à l'affront
» que ta fenfualité m'a caufée : ça, ça,
» que l'on me le laiffe égorger de mes
» propres mains, afin qu'après lui avoir
» arraché le cœur, je lui en enfanglante
» le vifage de même qu'à un traître :
» Cependant je prétends qu'avant d'en
» venir à l'execution, l'on me faffe
» venir ici cette infenfée compagne &
» complice de fon crime; car je veux
» que leurs époufailles & leurs fune-
» railles fe faffent tout enfemble. »

Dans le tems que ce colérique Vieillard reprenoit haleine, après avoir â-
chevé ce dernier mot, il entra une
Dame, dont les traits du vifage, l'é-
clat des yeux & la beauté de la taille,
étoient fi remplis de charmes, qu'auffi-tôt que dom Lucifuge l'eut aper-
çuë, l'admiration que lui caufoit tant
d'attraits, effaça entierement de fon
ame les triftes & lugubres images de
la mort, que le cruel décret du Vieillard y avoit tracées, pour faire place
à la joye qu'il recevoit de la vuë d'un
objet fi charmant. D'un autre côté,
cette Dame ayant aperçu cet Inconnu

nu entre les mains de ses freres, fut dans une si extrême surprise, que la rougeur qui lui en monta au visage, ajoûta beaucoup d'éclat & de lustre à l'excès de sa beauté. Son Pere & ses Freres ne se pouvoient lasser de l'admirer non plus que notre Avanturier, qui en étoit dans un ravissement sans pareil. Laissons-les quelque tems dans cet embarras & dans cette perplexité, pour vous expliquer d'où en procedoit la cause.

Il y avoit un Cavalier que l'on nommoit Dom Frederic en qui il sembloit que la fortune & la nature eussent par émulation disputé à qui lui feroit plus de biens ou de faveurs; d'autant que si l'une l'avoit comblé de richesse, l'autre l'avoit fait naître d'une Maison tout-à-fait illustre, d'un cœur généreux, d'inclinations vertueuses, & enfin doüié plus que tout autre d'adresse & de bonne mine. Ce Cavalier se sentant passionnément amoureux des perfections, de l'esprit, ainsi que de la beauté de Fenice (qui est le nom de la Dame dont nous avons parlé) laquelle étant triomphante de la liberté des Cavaliers les plus parfaits qui

B

fuſſent à la Cour, n'eſtimoit néanmoins que la victoire qu'elle avoit
remportée ſur la volonté de Dom
Frederic, ſoit que ſes yeux euſſent
trouvé en lui plus de mérite que dans
tous les autres, ou que ſon ame y eût
rencontré plus de ſimpathie.

Ces affections réciproques s'étoient
ménagées avec tant de ſecret & de diſcrétion, que le Pere & les Freres de Fenice, ne ſe purent jamais apercevoir
de leur fréquentation, quelque ſoin
qu'ils euſſent apporté à veiller ſur les
pas & ſur les actions de la Fille; mais
comme il eſt très-difficile de conſer-
ver un bien tel qu'il puiſſe être, lorſqu'il eſt en poſſeſſion d'une perſonne
qui ne s'étudie qu'à le perdre dans
le tems que l'on y penſe le moins,
ils ſe trouverent ſurpris & découverts
par la tromperie même de Dom Frederic : de maniere qu'après tous les
artifices & les déguiſemens d'une longue perſévérance, accompagnez des
apparences de la plus ſincere & de la
plus forte paſſion ; il obtint enfin de
la trop crédule Fenice, ſous promeſſe
verbale d'un prompt mariage, tout
ce qu'elle avoit, & ce qu'elle pou-

voit donner de plus précieux. Auſſi-
tôt qu'il eut fait cette glorieuſe con-
queſte, & que par de ſi amoureuſes
& ſi fortes aſſurances, il eût été libéralement récompenſé de ſes larmes
& de ſes ſoupirs, ſes manieres qui
panchoient du côté de l'indifférence,
firent aſſez connoître à Fenice qu'il
n'avoit plus pour elle l'amour & l'eſtime qu'il lui avoit jurée ſi ſolemnelle-
ment ; & elle remarqua par un certain geſte qu'il fit, que ce n'étoit plus
le même ; ce qui lui mit dans le cœur
un ſenſible & cruel repentir. De plus
l'inquiétude & l'impatience où il étoit
de ſe retirer, après avoir joüi de ce qu'il
avoit tant ſouhaité, jointe à une extrême froideur, acheva de lui prouver qu'il
n'étoit plus dans le deſſein d'accomplir la foi qu'il lui avoit promiſe. Enfin après qu'il fut parti, elle ne put
faire autre choſe que de ſe repréſen-
ter vivement la faute qu'elle venoit
de faire ; & la crainte où elle étoit
que Frederic n'abuſât de ſa facilité,
fit que la méfiance ſe ſaiſiſſant de ſon
eſprit, elle ſe trouva dans un affreux
labyrinthe de confuſions. Elle paſſa
le reſte de cette nuit & les jours ſui-

vans parmi ces cruelles tempêtes; mais
voyant fur le foir approcher le tems
que Frederic devoit revenir, fans aucune apparence de fon retour, elle fe
réfolut, quoiqu'avec affez de peine,
de faire une déclaration à fon Pere
& à fes Freres du malheur qui lui é-
toit arrivé, dans la penfée d'en prévenir un plus grand, & que fi par hazard Frederic avoit affez de perfidie
pour violer fes promeffes & retirer
fa parole, ils puffent enfemble con-
certer les moyens les plus affurez pour
le contraindre à les accomplir. Elle
effectua donc ce qu'elle avoit réfolu,
en donnant à fon action les couleurs
les plus apparantes qu'elle put trouver, pour calmer la colere de ceux qui
ne s'attendoient gueres à un pareil accident.

Si-tôt qu'ils eurent appris cette
nouvelle, ils furent autant irritez
qu'étonnez, & n'ignorant point le
nom ni la qualité de Dom Frederic,
quoiqu'ils ne le connuffent pas, ils ne
confulterent point long-tems; mais
fans s'amufer à plaindre leur malheur,
voyant bien que leur mal étoit infiniment grand, ils prirent réfolution d'y

appliquer un extrême remede, & d'e-
xécuter fur Frederic ce que l'erreur &
l'abus leur vouloit faire fur l'innocent
Dom Lucifuge. La fortune qui fe
vouloit joüer de lui, l'avoit fait inopinément rencontrer fous les fenêtres
de la coupable Fenice, & directe-
ment à l'heure qu'elle étoit au guet
pour obferver l'arrivée de fon amant
infidele; fon émotion & l'obfcurité
de la nuit ne lui ayant pas donné le
tems de pouvoir difcerner le vrai d'a-
vec le faux : dès qu'elle entendit marcher, elle crut effectivement que ce
ne pouvoit être que Dom Frederic,
& dans cette penfée elle prononça les
paroles qui charmerent notre Avanturier, & qui l'engagerent inopinément
dans le péril où nous l'avons laiffé &
où nous allons bientôt le rejoindre

Le Pere & les Freres de Fenice
avoient réfolus de la faire époufer Frederic, fut-ce de gré ou de force; ou
en cas de fon refus, effacer dans fon
fang la tache qu'ils prétendoient avoir
été faite à leur réputation. Mais pour
agir avec plus de politique, & ne
point rendre Fenice odieufe aux yeux
de Dom Frederic, ils confeillerent à

cette malheureuse abusée de feindre
qu'elle n'avoit rien déclaré de ce qui s'é-
toit passé entr'eux, & que faisant mine
de l'excuser & de le délivrer des mains
de ses Freres, elle devoit toûjours sou-
tenir que ce n'auroit point été avec lui
qu'elle avoit eû affaire la nuit précé-
dente, afin de lui donner plus de sujet de croire que leur intelligence n'auroit été découverte que par l'indis-
crétion d'une suivante, à laquelle
ils avoient confié leurs furtives a-
mours.

Il arriva donc que Fenice étonnée
d'appercevoir un inconnu, étant prise
au piege qu'elle pensoit avoir tendu
pour Dom Frederic, usa d'une simple vérité à la place de l'artifice qu'elle
avoit projetté. Et s'addressant à ses
Freres de même qu'à son Pere, elle
leur soutint fortement qu'ils se méprenoient, en leur disant : » Cet hom-
» me que voilà, que vous traitez si
» mal, & à qui vous faites un si sen-
» sible affront, n'est pas celui que
» vous pensez. Ha Dieu ! quel prodi-
» gieux scandale après un malheur si
» étrange. J'avoüe que je me suis ex-
» trêmement oubliée la nuit passée,

» & que j'ai bleſſé griévement votre
» réputation ; mais à preſent notre
» honte en ſera bien plus grande, puiſ-
» qu'elle ſera divulgée par tout, aprés
» en avoir donné connoiſſance à cet
» homme, qui ne s'empêchera jamais
» de la publier dans le monde. »

Les Freres écoutans ces paroles avec
un feint étonnement, ſe diſoient l'un
à l'autre, » ô qu'elle diſſimule par-
» faitement bien ! ne diroit-on pas
» qu'elle dit la vérité pure ? » De ſorte
que cette infortunée Fille, voyant la
double erreur où étoient ſes Freres,
s'efforça de les déſabuſer par des ſer-
mens & des proteſtations, tant qu'à
la fin ils furent contraints de ſe regarder l'un l'autre ſans dire mot, leur
étant impoſſible de pouvoir démêler
cette intrigue. Dom Lucifuge d'un
autre part, confirmoit toutes les paroles de l'embaraſſée Fenice, en aſſurant, » que l'on le prenoit pour un
» autre ; que jamais il n'avoit appro-
» ché de leur maiſon que cette ſeule
» fois ; qu'il s'appelloit un tel ; qu'il
» étoit de condition Eccleſiaſtique,
» & par conſéquent dans l'impoſſibi-
» lité de ſe pouvoir marier. » Et tira

aussi-tôt de sa poche quelques lettres & quelques papiers qui les persuade- rent de la vérité de ses paroles. Le Vieillard, Pere de Fenice, reconnois- sant la faute qu'il avoit commise, té- moigna avoir de grands ressentimens de colere contre sa Fille, comme étant l'unique cause de tous ces accidens.

Notre Avanturier commença pour lors à respirer, voïant bien qu'il avoit lieu d'esperer une entiere liberté; mais la fortune qui vouloit exercer son cou- rage parmi les transes de la peur, lui donna encore sujet de concevoir de plus grandes frayeurs que celles qu'il avoit déja eûës. Ce fut que les Fre- res de Fenice desesperez de se voir ainsi abusez, & de ce que cet incon- nu avoit connoissance de leur infamie, tinrent conseil entr'eux, pour cher- cher le moyen d'y pouvoir apporter quelque remede : Et d'autant qu'ils s'entretenoient assez près de Dom Diego Lucifuge, il entendit que la proposition de le tuer, qui avoit été faite par l'aînée, étoit approuvée des autres, & qu'il tenoit ce discours : » Nous sommes, disoit-il, infortu- » nez en toutes choses; nous avons
déclaré

» déclaré hautement notre deshon-
» neur devant celui qui le publiera de
» tous côtez fi-tôt qu'il fera jour, afin
» de fe mieux vanger de l'affront que
» nous lui avons fait. C'eft pourquoi,
» paffons outre, & ne balançons point
» à le faire fortir d'ici , & pendant
» qu'il eft nuit, menons-le dans quel-
» que quartier détourné, du côté des
» ramparts de la Ville ; & faifons-lui
» trouver l'iffuë de fa vie à l'entrée
» de quelque maifon de débauche ;
» l'on ignorera qui pourra avoir fait
» ce coup, & nous nous garanti-
» rons par ce moyen du blâme & du
» mépris qu'en pourroit recevoir no-
» tre famille. » Cette cruelle confpi-
ration fut néanmoins un peu contef-
tée ; mais à la fin ils y confentirent
tous quatre.

Cependant Lucifuge ne difoit mot,
dans l'efpérance que s'ils le mettoient
hors de leur maifon fans être lié, il
trouveroit bien fon falut dans fes
pieds en fuyant, ou du moins dans fes
mains en fe défendant ; mais ce projet
étant venu à la connoiffance du vieillard, par la découverte que lui en fit
le moins fanguinaire de fes confpira-

C

teurs, il s'approcha de notre Nocturne
Avanturier, & mettant l'épée à la
main, il lui dit. « Cavalier, j'ai beau-
» coup plus de confiance dans votre
» discrétion, que mes enfans n'en
» peuvent prendre en votre mort : al-
» lez vous-en à la garde de Dieu; n'aïez
» point de crainte que l'on vous faffe
» plus de mal que vous n'en avez reçû,
» & duquel je vous demande pardon,
» vous suppliant de tout mon cœur,
» d'avoir compaffion de ma jufte dou-
» leur; & qu'enfin l'infamie de mon
» infortunée maifon, demeure enfe-
» velie dans le fecret & dans le filence
» de votre généreux courage. »

Difant cela, il lui rendit fon épée
& fa Guittare, que l'on lui avoit ôtée
en entrant, & le reconduifant fans
bruit jufqu'à la porte de la ruë, il
lui offrit de le faire accompagner jufqu'où il défireroit aller. Dom Lucifuge le remercia, & lui protefta que
jamais il ne révéleroit à perfonne le
malheur qui étoit arrivé chez lui. Se
voyant échappé d'un fi évident péril,
il fit vœu d'être dans la fuite beaucoup moins curieux, & de n'entrer
dans aucun lieu qui lui feroit inconnu;
(quoiqu'il ne tînt pas fa promeffe,

pour authorifer le proverbe, qui dit :
Que quand l'on eſt ſorti d'un bourbier,
l'on ne s'en reſſouvient plus deux jours
après.) Et prit le chemin de ſon logis ;
mais parcequ'il lui reſtoit encore quelqu'émotion des frayeurs qu'il avoit
eüës, il voulut l'appaiſer par la mu-
ſique : & après avoir touché ſur ſa guittare quelques diſcordans accords, puiſqu'il eſt conſtant qu'il ſe fait ſur cet
inſtrument autant de diſſonances que
de conſonnances, il y ajoûta ſa voix,
en chantant les vers ſuivans :

L'Aurore, qui toûjours eut le teint ſi vermeil,

Venant d'abandonner les ombres du ſommeil,

    De fleurs & d'odeurs coüronnée,

Phœbus ſuit auſſi-tôt ſa brillante clarté,

    Ne recommençant ſa journée,

Que pour mieux admirer votre aimable beauté.

Les Aſtres que l'on voit préſider dans les

    Cieux

De l'éclat de vos yeux ſont ſans ceſſe envieux.

    Leur Orient eſt leur préſence ;

Mais quoi le malheureux & cruel accident,

    Qui me les ôte par l'abſence,

              C ij

Ne peut être pour moi qu'un funeste Occident.

De l'étoile, l'éclat subitement s'éteint,

Quand elle approche un peu des Lys de votre

    teint :

    Et les plus luisantes Planetes

Couvrent tout aussi-tôt leur face de pudeur ,

    Voyant que partout où vous êtes ,

Tout le monde se rit de leur fade splendeur :

Le Soleil s'en va dire au grand Dieu Jupiter ,

Que vos yeux justement peuvent bien se van-

    ter

    D'être le Soleil de la Terre.

Que leur vaste pouvoir étant au sien égal ,

    Dedans les mines qu'elle enferre ,

Font croître le diamant & le riche métal.

Oüi, le Ciel qui de tout est l'unique m oeur

    Et qui de vos beautez fut l'excellent Au-

    teur

    Se ravit voyant son ouvrage ;

Mais la Lune argentine étant au désespoir

    Couvre le blanc de son visage

    Dessous un voile épais de crepe le plus noir,

L'œillet étant auſſi de la couleur jaloux,
    Pallit incontinent de honte & de courroux,
Quand il regarde votre bouche ;
    Et le Lys le plus net rougit du grand af-
      front,
Qu'il ſent quand votre main le touche,
    Pour le faire approcher l'yvoir de votre
      front.
Mais vous profanerez de ſi rares beautez,
    Et cet amas confus de belles qualitez,
Dont le Ciel embellit votre ame,
    Si vous ne voulez pas permettre quelque
      jour,
Qu'un nouveau deſir vous enflamme,
    Et vous faſſe goûter les plaiſirs de l'amour.
Très-accompli miroir de la perfection,
    Trop attirant aimant de mon affection,
Banniſſez cette humeur de glace,
    Qui triomphant ainſi de votre tendre cœur,
Uſurpe injuſtement la place,
    Dont l'amour ſeulement doit être le vain-
      queur.

Il se trouva en finissant ces mots, touchant son logis : aussi-tôt un homme qui l'avoit suivi pas à pas depuis la porte de Fenice, se présenta tout d'un coup à lui, en disant : *Cavalier, que je vous dise un mot.* Cette vision inopinée surprit tout-à-fait notre Avanturier, croyant que ce fût encore quelque étourdi des freres de Fenice, lequel violant l'obéïssance qu'il devoit à son pere, venoit pour exécuter ce qu'ils avoient projetté contre lui, & publier en même-tems le deshonneur de sa maison, d'autant qu'il n'y avoit aucune apparence que cette action se fît sans bruit, de quelque maniere qu'elle se pût passer. De sorte que le voyant seul, il ne voulut néanmoins éveiller aucun de ses Domestiques, pour ne lui pas donner lieu de croire qu'il fût atteint de la peur, ou qu'il vouloit lui joüer un mauvais tour ; il mit donc généreusement l'épée à la main, quoique dans le fourreau, parceque celui qui lui avoit parlé, ne lui avoit pas encore déclaré qu'il fut son ennemi. Et s'informant de ce qu'il souhaittoit de lui, il apprit que c'étoit Frederic, le triomphant & glo-

rieux amant de la bonté de Fenice,
qui s'étant trouvé engagé dans une
affaire de la derniere importance, ne
s'étoit pû trouver au rendez-vous qu'à
l'heure que Dom Diego en sortoit ;
& s'étonnant d'une pareille rencontre,
& ne s'imaginant pas qu'un autre que
lui eût accès dans cette maison, en
en avoit conçû un mauvais soupçon,
& voulant s'en éclaircir, il avoit suivi
Lucifuge pour le reconnoître ; mais
dans l'impatience où il étoit de s'assûrer de la verité de ce qui en étoit,
l'avoit appellé, voyant qu'il étoit prêt
de rentrer chez lui.

La jalousie qui le possédoit, l'empêchant d'user de modération en cette
action, d'abord que Dom Lucifuge se
fut retourné, il le pressa de mettre
l'épée à la main avec des paroles inju-
rieuses.

Notre Avanturier Nocturne, tout-
à-fait indigné de se voir traité avec
tant d'insolence, jetta sa Guittare sur
le pavé, (laquelle témoigna assez par
son triste son, d'être formalisée d'une
maniere si outrageante) & sans autre
forme de procès, il se mit en devoir
de châtier la témérité de son ennemi,

à qui il fit voir que s'il n'étoit pas plus
adroit que lui, il étoit du moins plus
heureux : car Frederic étoit un homme qui ne manquoit non plus d'a-
dreſſe que de valeur. Lucifuge enfin
le preſſa ſi vivement, que lui ayant
porté deux eſtocades, il lui donna de
très-ſanglantes marques de ſa force,
& le fit tomber, en criant; *je ſuis mort.*
Dom Diego le voyant en cet état, &
comme ayant perdu la parole, ayant
néanmoins pitié de ſon déſaſtre, appella ſes gens, fit apporter de la chandelle, & tranſporta l'infortuné Frederic dans le corps de logis réſervé,
& le fit mettre ſur un bon lit, quoiqu'il parût avoir moins beſoin d'un
Chirurgien que d'un tombeau. Il envoya enſuite inceſſamment querir le
Prêtre & le Médecin, leſquels appli-
querent leurs appareils preſqu'en même-tems. Le bleſſé ayant par ce ſe-
cours repris un peu de vigueurs, avoüa
ſon inconſidération, & déclara qu'il
avoit été l'agreſſeur & l'auteur de la
querelle, le tout à la décharge de ſon
vainqueur. D'un autre côté, Lucifuge
voulant mettre en repos l'eſprit de
Frederic, & lui ôter les ombrages

dont il étoit rempli , au préjudice de
la fidélité de Fenice , lui fit un ample
récit de ce qui lui étoit arrivé chez
elle à son occasion , ayant été pris
pour lui , & s'étant vû de plus en danger de perdre la vie par les mains de
son pere & de ses freres. Ensuite de
cette déclaration , il lui représenta la
cruelle perfidie dont il usoit à l'é-
gard d'une si charmante beauté , qui
s'étoit laissé persuader par ses paroles ,
& vaincre par ses mérites. Enfin il lui
pressa si fort la conscience , & lui donna dans l'ame de si sensibles atteintes
du mal qu'il faisoit souffrir à tant de
personnes , & du danger certain où il
étoit , ayant ses quatre freres pour ennemis , qu'il le fit résoudre à promettre devant tous ceux qui étoient pré-
sens , d'effectuer les protestations , &
ce , à quoi l'obligeoient les engage-
mens qu'il avoit avec Fenice , aussi-
tôt que Dieu lui auroit fait la grace
d'être guéri de ses blessures.

Ce juste vœu , & cette bonne résolution furent infailliblement approu-
vés du Ciel , puisque dès cet instant
on reconnut à vûe d'œil, un extrême
amendement à ses playes , & peu de

jours après il se vît en état d'accomplir ce qu'il avoit promis. Pour cet
effet il pria Dom Diego Lucifuge,
avec lequel il avoit déja lié une étroite
amitié & une entiere confidence,
d'aller rendre visite à Fenice de sa
part, & de lui porter de nouvelles as-
sûrances de sa fidélité, le priant en
ami de réserver à une autrefois le récit du combat qu'ils avoient eu ensemble, de crainte que l'incertitude de sa
guérison ne la mît en peine : de quoi
Lucifuge s'estima fort heureux, puisqu'il étoit choisi pour faire une ambas-
sade, qui ne pouvoit être que très-
agréable à Fenice.

Il s'en alla donc chez elle, & la
trouva dans une affliction sans pareille,
de n'avoir appris aucunes nouvelles de
son Frederic, depuis le tems qu'elle lui
avoit permis tout ce que l'amour le plus
vif inspire. Elle étoit au lit de même
que son pere, tous deux le cœur saisi
de chagrin & de douleur, demandans
sans cesse au Ciel, ce qu'ils ne pouvoient obtenir des diligences humaines, qui étoit la mort ou la réparation
de l'affront qui leur avoit été fait.
Cependant les quatre freres de Fenice,

défefpérez de la honte qui leur étoit
demeuré fur le vifage , voyant ce que
l'on ne fçavoit qu'étoit devenu celui
qui leur caufoit un fi horrible fcandale,
s'imaginerent , pour affuré qu'il s'é-
toit abfenté ; & dans cette penfée ils
réfolurent de fe féparer , & d'aller chacun dans différens lieux , à deffein de
le rencontrer en quelque endroit , &
prendre une vengeance fi fanglante de
leur injure, qu'il en feroit parlé dans
les fiécles à venir.

Enfin dans le tems que Fenice &
fon pere s'entretenoient de leur dé-
faftre & de leur infortune, ne croyant
pas en pouvoir jamais avoir fatisfaction , Dom Diego entra dans leur
chambre avec un vifage fi joyeux ,
qu'il pouvoit fervir de témoin que les
nouvelles qu'il leur apportoit, ne pouvoient être que bonnes & bien reçûës.
Si ces deux malades furent étonnez
de le voir , c'eft une chofe dont il ne
faut pas douter, puifqu'ils ignoroient
à quel deffein il revenoit dans un lieu
où il avoit été fi mal reçû. Mais leur
ayant appris en peu de mots le fujet
de fa vifite , afin de les ôter d'inquiétude; il leur donna tant d'affûrances de

la verité de ſes paroles, que Fenice &
ſon pere, ravis de joye, s'imaginoient
que ce fût un miracle ou un enchantement; & conſidérant que celui auquel
ils avoient voulu donner la mort peu
de jours auparavant, leur venoit donner
la vie. Ils le reçûrent donc ſelon ſes
mérites, en rendant graces au Ciel de
ce qu'il avoit écouté leurs priéres, &
avoit compaſſion de leurs maux. Par
la ſuite Fenice reprit un embonpoint
beaucoup aude-là de ce qu'elle étoit
auparavant, & qui avoit été diminué
par ſes afflictions & ſes inquiétudes.
Le bon homme revint en parfaite ſanté, & Frederic étant tout-à-fait guéri, s'en alla accompagné de Lucifuge,
confirmer la verité des paroles qu'il
avoit porté de ſa part, & redonna
l'ame à Fenice par ſa préſence, comme à celle qui devoit être ſon épouſe.
On envoya auſſi-tôt chercher ſes freres
avec toute la diligence poſſible, leſquels ſe voyant appellez pour être les
témoins du recouvrement de leur honneur, ſe rendirent en poſte à Madrid.
Les parens & les amis de Frederic
étant conviez d'un conſentement général, les nôces furent célébrées au con-

tentement de tous les intéreſſez, &
où Dom Diego Lucifuge ne manqua
pas d'être reçû parmi les plus conſi-
dérez , comme étant une des princi-
pales cauſes de cet heureux ſuccès.

SECONDE
AVANTURE.

IL eſt certain que la mémoire de l'accident paſſé, auroit pû ſervir à tout autre qu'à Dom Diego Lucifuge, de méditation tout-à-fait utile à leur repos ; mais comme il eſt preſque impoſſible à la raiſon de pouvoir régler les emportemens d'une inclination déréglée, le péril où notre Avanturier s'étoit trouvé, ne ſervit que d'un éguillon pour l'exciter d'avantage à continuer ſes extravagans exercices. La gloire qu'il avoit d'en être ſi heureuſement ſorti, lui donnoit ſujet d'en eſperer autant de toutes celles où il pourroit ſe trouver engagé. Il demeura néanmoins quelque-tems chez lui, depuis les nôces de Frederic & Fenice, paſſant ſon tems dans les divertiſſemens honnêtes, dont les autres hommes ont accoûtumé de s'entretenir : cela le dégoûta pourtant, & il se laissa enfin entraîner à son premier panchant, malgré les bons conseil qu'Amanzor s'efforçoit de lui donner.

Cet Amanzor étoit un homme prudent & experimenté, sous la conduite duquel Lucifuge avoit passé une partie de son adolescence, & qui lui avoit appris tout ce qu'il sçavoit de belles lettres & de la vie civile, quoiqu'il n'eût pas trop bien réüssi dans cette éducation ; l'on ne le pouvoit pas blâmer, puisqu'il n'avoit jamais manqué d'y apporter tout le soin & toute la diligence qui dépendoit de lui ; mais c'est quasi une des plus grandes impossibilitez de la prévoyance humaine, que de maîtriser un esprit qui est si fort attaché à ses sentimens, & à ses mauvaises habitudes, tel qu'étoit Dom Diego : néanmoins Amanzor voulant encore tenter fortune & faire un nouvel effort, pour essayer par ses persuasions à dompter s'il pouvoit la rebellion de son naturel ; il prit son tems le plus à propos qu'il le pût trouver, & lui tint ce

difcours. » Vous me donnez aujour-
» d'hui fujet, Seigneur Dom Diego,
» dit - il, de m'eftimer le plus mal-
» heureux de tous ceux qui fe foient
» mêlez de mon métier, après toutes
» les années que j'ai confommées au-
» près de vous : toutes les exhorta-
» tions & les remontrances que je vous
» ai faites, & tant d'exemples que je
» vous ai citez; il faut à préfent que
» l'on me faffe le reproche de n'avoir
» pû vaincre les inclinations perver-
» fes de votre enfance, ni vous avoir
» pû faire prendre le chemin de la
» vertu. Quoi, fouffrirez-vous que
» mes foins & mes travaux foient pri-
» vez des juftes loüanges que j'aurois
» dû efperer en vous rendant honnê-
» te homme! Permettez - vous qu'au
» lieu de cette légitime récompenfe,
» je me vois blâmé de tous ceux qui
» font les fpectateurs ou les auditeurs
» de la vie étrange que vous menez,
» & que l'on m'accufe d'avoir négli-
» gé le foin d'employer en votre en-
» droit, le peu d'experience que je
» puis avoir pour difcipliner une jeu-
» neffe! Mes interêts à part, n'avez-
» vous pas affez de jugement pour
» connoître

» connoître que vous n'êtes que le
» joüet des compagnies, & la rifée
» de tous ceux de votre qualité !
» Ne voyez-vous pas que tout le mon-
« de s'entretient de la façon ridicule
» & extravagante, dont vous paffez
» le tems, qui eft bien différente de
» la maniere du commun des hom-
» mes ! Il faut avoüer que votre hu-
» meur doit être d'une extrême noir-
» ceur, puifquelle vous fait haïr &
» qu'elle vous fait fuir la clarté du
» jour qui eft fi agréable à un chacun :
» S'il y avoit encore quelque prétexte
» qui pût excufer votre manie, fi
» vous étiez poffedé de quelques paf-
» fions amoureufes, qui vous obli-
» geaffent de chercher les ténébres de
» la nuit, comme vous faites ; loin
» de s'en étonner, vous pafferiez pour
» difcret & loüable, d'autant que l'on
» s'imagineroit que vous ne le feriez
» que pour cacher vos affections, &
» pour éviter le fcandale qui en pour-
» roit arriver ; mais de vous laiffer
» emporter fans raifon à la violence
» d'une fantaifie fi déraifonnable, &
» qui portant préjudice à votre fanté,
» vous met à tout heure au hazard de

D

» perdre la vie ; témoin votre dernie-
» re avanture ; c'eſt une folie trop évi-
» dente, & que l'on ne ſçauroit plus
» vous déguiſer. Que ſi par une fa-
» talité de votre deſtin, vous voulez
» toûjours continuer dans ces noirs
» & bizarres promenades, vous vous
» trouverez infailliblement ſurpris dans
» quelque funeſte accident, ou peut-
» être par une double mort, vous per-
» drez & l'honneur & la vie. L'affec-
» tion que je vous ai porté m'engage
» à vous faire cette remontrance, afin
» qu'après cela, ſi vous vous perdez,
» comme vous en êtes dans le chemin
» aſſuré, l'on ne puiſſe pas dire que ce
» ſoit pour avoir manqué de conſeil
» & d'avertiſſement ; mais plûtôt dans
» le deſſein que tout ce qu'il y a de
» gens puiſſent être perſuadez que
» vous aurez été le ſeul auteur de vos
» diſgraces & de votre malheur : pour
» ce qui eſt de moi, je veux me ſépa-
» rer de vous & de votre maiſon, &
» ne prétendez plus que je ſois témoin
« des accidens, dont vous êtes mena-
» cé, ni voir mon tems, mes peines
» & mes enſeignemens employez avec
» ſi peu de fruit.

Difant ce dernier mot, il fe préfenta à la porte afin de fortir & de s'en aller pour jamais ; ce que voyant Dom Diego, il fe mit au-devant en s'efforçant de le retenir, & conteftoient ainfi l'un contre l'autre, plûtôt par affection que par colere ; tant qu'à la fin notre Coureur de nuit lui fit mille proteftations de changer fa maniere de vivre, & de fuivre en tout fon confeil ; & pour donner un témoignage de la fincerité de fes promeffes, il fe défit de fes armes, & vêcut pendant deux jours d'une autre façon qu'il n'étoit accoûtumé dans l'ordre commun des humains, & ufant du jour & de la nuit felon le cours de la nature. Cependant fon humeur fe trouvant violenté, il commença dès la troifiéme nuit à fe repentir de bien faire, & ne trouvant que de l'inquiétude dans le repos du lit où il étoit, il détefta contre la févérité & les confeils d'Amanzor. Il le traitoit de réveur pedantefque & de tyran de fa liberté, & enfin le maudiffoit par mille injures & mille imprécations. Il étoit dans cet agréable entretien avec lui-même, lorfqu'il entendit un caroffe

dans la ruë, lequel arrêtant affez près
de fon logis, donna occafion à un
Luth armonieux de recréer fes oreilles; il fe leve donc & fe met à la fe-
nétre, où ayant été fort peu de tems,
une voix charmante & qui paroiffoit
être celle d'une femme, accompagna
cet inftrument en chantant les paroles fuivantes.

Vous qui êtes témoin de mon affection :

  Penfées aîlées, allez fans crainte,

   A celui dont j'ay l'ame atteinte,

Raconter le fujet de mon affliction.

  Penfées fidéles, allez fçavoir

Si je puis m'affurer de poffeder la gloire,

De tenir une place dans l'illuftre mémoire,

  De l'objet qui fait mon efpoir.

Penfées informez-vous quelle eft la pureté

  Du Temple où je fuis adorée,

  Voyez s'il a permis l'entrée

De ce cœur tout à moi, à quelqu'autre beauté.

  S'il m'a fait cette trahifon

Revenez auffi-tôt pour m'en rendre certaine,

Puifque très - conftamment loin d'augmenter

    ma peine ,

Vous cauferez ma guérifon.

Enfuite de ces vers , la même voix
en chanta encore plufieurs autres ,
mais fi piquans & fi médifans , qu'ils
fcandalifoient tous ceux de qui ils
pouvoient être entendus , & particulierement une certaine Courtifane
voifine de Dom Diego , pour laquelle
ils avoient été expreffément compo-
fez , qui les écoûtoit , ou du moins
qui le pouvoit faire. Comme elle
étoit des amies de notre Avanturier,
& même fous fa protection , il fut
très-foigneux de remarquer toutes les
paroles qui la pouvoient offenfer ; ce
qui le mit dans une fi furieufe colere,
qu'il jura fortement de s'en venger.
Dans ce moment il recommença à
blafphemer contre les avis d'Amanzor , & s'habillant promptement , il
prit une rondache & une épée *de
Hernandez de Tolede* , & fans fe donner le tems de boutonner fa roupille,
non plus que de mettre fes jarretie-
res ; il fort de chez lui comme un fou-

dre, dans le deſſein de courir aprés
celle qui avoit récité l'infame Satyre
ſi déſavantageuſe à ſa voiſine ; la fureur le tranſportoit ſi extrêmement,
que quoique le caroſſe fut déja bien
éloigné, il l'attrapa en un moment à
la ſueur de ſon corps, & faiſant arrêter le caroſſe, il vomit tant d'injures & d'invectives contre ceux qui
étoient dedans, que s'ils n'euſſent été
des gens débauchez, & accoûtumez
à oüir fort ſouvent de pareilles galanteries, il eſt certain qu'il y eûteu du
ſang répandu ; mais loin de s'en fâ-
cher, ils ne firent autre choſe que rire
& ſe mocquer, tant des paroles que
du parleur, auſſi-bien que de la façon dont il étoit habillé, & commandant au Cocher de pourſuivre
ſon chemin, ils planterent Lucifuge
pour raverdir, lequel étoit tout hors
d'haleine & de raiſon, tant la bile
lui avoit échauffé le ſang. Il eut
néanmoins aſſez de force & d'opiniâ-
treté pour courir aprés ce caroſſe, &
de remarquer où il alloit, afin de prendre ſon tems & ſe ſatisfaire avec moins
de danger pour lui, & plus de honte
pour celle qui avoit commis l'injure.

Il est ici nécessaire que nous dé-
broüillions un peu ces confusions, &
que nous déclarions le nom de ses ga-
lantes, pour donner plus d'intelligence
à ce discours. Celle dont Lucifuge
étoit l'illustre défenseur, se nommoit
Carcelie; l'autre Faustine; toutes deux
de condition, de mœurs & de vie
si conformes, que la loüange ou le
blâme qui se disoit à l'une, se pouvoit très-justement approprier à l'autre. Notre Avanturier Nocturne usa
dans cette affaire d'un subtil artifice,
ayant trouvé le moyen d'avoir une copie des Vers Satyriques, dont les poin-
tes avoient si sensiblement égratigné
le cœur de Carcelie; il se figura que
mettant le nom de Faustine à la place
de celui de sa voisine, c'étoit très-
finement déguiser la piece, & par ce
moyen l'offenser avec ses propres armes. En effet, il eut sujet d'admirer son génie; car en lisant ces Vers
il les trouva si propres au projet qu'il
avoit formé, qu'il crût que l'Auteur
avoit usé en ce cas d'une ingénieuse
malice; puisque feignant d'attaquer
Carcelie, il offensoit excessivement
Faustine, & se servoit de sa voix &

de sa bouche pour publier son impudicité, de même que les autres vices de sa vie débordée.

Dom Diego ayant communiqué son dessein, à de certaines gens, qui sont ordinairement beaucoup plus disposez d'avoir de la complaisance pour les entreprises scandaleuses, que d'approbation pour les honnêtes, ils animerent son couroux en exagérant l'injure, & s'offrirent même pour être les exécuteurs de sa vangeance. Il fut enfin délibéré dans cette judicieuse consultation, que l'on donneroit à Faustine une Sérénade composée de toutes sortes d'instrumens ridicules, desquels ils firent le détail en cette sorte. Premierement, deux cornets de vache, deux sifflets de châtreurs de porcs de différentes grosseurs, deux clochettes cassées, deux cresselles aussi de diverses grandeurs, deux Guittares & deux violes en discord, sans touche, & maniées par des ignorans, quatre chaudrons d'inégales formes, & deux poëlles à frire, afin de rendre la musique plus complette.

Que l'on composeroit un Dialogue en Vers, pour être récité par
deux

deux jeunes garçons ; defquels l'un re-
préfenteroit Fauftine , & l'autre Pro-
pée fa fœur, avec des habits à peu près
femblables à ceux qu'elles portoient
ordinairement.

Que le fujet du Dialogue feroit de
queftions querelleufes entre ces deux
fœurs , par où la verité de leur vie infame feroit divulguée.

Qu'il feroit appris par cœur , & que
ceux qui devoient en faire la déclama-
mation , feroient choifies de fortes
voix , de prononciation intelligible.

Que le récit feroit effayé , concerté
& répété plufieurs fois devant le jour
de la folemnité , de peur de manquer.

Que Dom Diego feroit provifion
d'un Chariot de triomphe ridicule ,
comme ceux de Carême-prenant , &
qui devoit être environné de flambeaux , pour que l'on reconnut plus
facilement les figures ; lequel Chariot
ferviroit de théâtre pour réciter le
Dialogue.

Et enfin ce burlefque Chariot, feroit mené devant les fenêtres de Fauftine , que l'on feroit ouvrir malgré
qu'elle en eût , afin qu'elle ne préten-
dît point caufe d'ignorance de l'af-

E

front que l'on lui vouloit faire.

Il se trouva un sage, parmi ces ar-chi-sous-consultans, lequel s'efforça par quantité de bonnes & valides rai-sons, de les détourner de l'exécution de cette entreprise, en leur représen-tant le scandale qu'ils causeroient in-failliblement; mais étant seul de son parti, ses bons avis ne pûrent avoir pour récompense qu'une risée géné-rale, & un éternel bannissement de leur honorable congrégation. Ils firent ensuite choix du meilleur Poëte de la troupe, pour la composition du Dia-logue, dans lequel l'on employa tout ce que les Muses insolentes & satyri-ques avoient pû inventer de plus in-jurieux & de plus infâme, au grand contentement de Lucifuge, & de ses adhérans.

Comme il étoit question d'étudier cette importante & sérieuse déclama-tion, il falut faire une infinité de goû-ters, de soupers, & de collations chez Lucifuge, & à ses dépens, dans les-quels la fureur Bachique agitoit beau-coup plus les esprits que celle d'A-pollon. Lorsque tous ces excellens Acteurs furent prêts à joüer leur momerie, Dom Lucifuge prétendit que le dernier essai en fût fait en présence de Carcelie, laquelle étant accompagnée de plusieurs Nymphes de son espece, se rendit chez lui, où après avoir amplement collationnée, elle présida à cette action, & donna ses avis sur ce qui se devoit ajoûter ou diminuer dans cette impudente & scandaleuse vangeance qu'elle appelloit du nom de juste châtiment. La piéce ayant donc passée par cette prudente censure, & étant jugé tout-à-fait digne de paroître en public, il fut ordonné que l'exécution s'en feroit la nuit prochaine, sans autre retardement, de peur que le secret, que l'on vouloit garder, ne fût découvert, & ne vînt à la connoissance des intéressées, lesquelles se servans des forces de leurs Protecteurs, qui étoient puissans & en grand nombre, pouvoient non-seulement faire évanouïr le projet; mais de plus, faire assommer les Entrepreneurs.

Ils commencerent à minuit à préparer tous les instrumens destinez à cette infernale férénade, sans neanmoins toucher, leur intention étant de n'incommoder perſonne, que ceux qui par malheur ſe trouveroient au voiſinage des Dames contenuës au Dialogue, & pour qui la fête étoit inſtituée. On commença à faire mouvoir la machine triomphante, laquelle étoit tirée par ſix nobles Courſiers, que l'on appelle en langue vulgaire, Crocheteurs, leſquels arrivant au bout de leur carriere, autant las qu'altérez, eurent ſujet de croire leur voyage malheureux, & leur peine très-inutilement employée, d'autant qu'ils trouverent des barricades à l'entrée de la ruë où cette magnificence ſe devoit faire. La raiſon en étoit, qu'un Cavalier des plus diſtinguez de cette Province, ayant ſa maiſon dans cette même ruë, & étant extrêmement malade, avoit obtenu du Magiſtrat la permiſſion de faire mettre des pieux & des piéces de bois, pour empêcher les charrois de paſſer par cet endroit, & d'interrompre ſon repos. Dom Diego Lucifuge & ſes ſuppôts, après avoir donné pluſieurs malédictions à cet obſtacle, ſe réſolurent unanimement de le forcer pour achever leur entrepriſe; ce qui fut exécuté, & chacun ayant mis la main à l'œuvre, ils eurent en un moment tout jetté par terre.

Leur Machine s'approchoit déja du lieu deftiné à la repréfentation, lorf-que le Maître d'Hôtel du Cavalier malade furvint, lequel étoit accom-pagné des principaux Domeftiques, venans de chez l'Apotiquaire querir quelques remedes qu'ils avoient fait compofer en préfence, felon l'ordon-nance du Médecin. Vous pouvez croi-re qu'ils furent bien furpris de voir leurs barrieres arrachées, de même que d'entendre un fi grand tintamare; ce qui les obligea de s'approcher des plus apparens de la troupe, & de leur dire fort civilement, qu'un tel Seigneur, qui étoit leur Maître, étoit fort ma-lade, & qu'il les prioit de vouloir bien avoir la bonté de fe retirer, & de difcontinuer leur charivari. Ceux à qui s'adreffoit cette humble priere, ne pouvant leur faire réponfe, qu'ils n'euffent auparavant confulté la vo-lonté de Dom Diego, comme le chef & le conducteur de cette Nocturne entreprife, furent l'en avertir, lequel approchant des fupplians, les contenta de belles promeffes, qui n'eurent

E iij

néanmoins aucun effet ; puisque dès qu'ils furent entrez chez eux, les Complices de Lucifuge commencerent à se servir de leurs instrumens, & firent un bruit si diabolique, qu'il étoit capable d'étourdir tout le quartier. Le pauvre Seigneur malade (que son Médecin veilloit) se trouvant fort incommodé de ce tintamare, souhaita de sçavoir d'où pouvoit procéder cette tempête ; & ayant fait venir ses gens, ils lui déclarerent la rencontre qu'ils avoient fait, ce qui l'obligea de commander que l'on eût à éveiller tout le reste de ses serviteurs, comme Estaffiers, Cochers & Palfreniers, qui n'étoient pas en petit nombre, & lesquels ayant été informez de l'insolence que l'on commettoit contre le respect dû à leur Maître, se mirent tous en état d'aller conjurer ces Lutins à grands coups d'épée, de hallebardes, de bâtons, & de toutes les armes qu'ils pûrent trouver sous leurs mains, leur colere leur en forgeant sur le moment. Ils sortirent donc, dans le tems que l'on venoit d'allumer les flambeaux, & que l'on commençoit le récit du Dialogue, & s'en allerent

droit au Chariot , qu'ils mirent en
piéces , jettant par tetre tout ce qui
se trouva dedans; mais Dom Lucifuge , suivi de son escorte, accourut
au secours, où il y eût une furieuse
mêlée, qui ne pouvoit faire que le
profit du Chirurgien , puisqu'il y eût
quantité de têtes fenduës , de jambes
caflées & de bras rompus, tant de
part que d'autre , & ayant ainsi ap-
paisé leur juste fureur, ils se retirerent
dans leur Hôtel ; les coups restans
pour les malheureux qui s'y rencontrerent.

Pour Faustine & Popée , qui s'é-
toient mises aux fenêtres , & qui
avoient été averties que ce merveil-
leux concert étoit à leur intention ,
elles se retirerent dans leur lit , extrêmement satisfaites d'avoir été si glorieusement vangées contre leur espérance. Mais leur allégrefse fût de peu
de durée, d'autant que le Seigneur ,
leur voisin , ayant appris que toutes
ces folies se faisoient à l'occasion de
leur mauvaise vie , & que ces scanda-
les nocturnes n'étoient inventez que
pour publier leur débordement , joint
qu'il en avoit encore souffert d'autres

incommoditez, en fit avertir la Justice, qui les bannit toutes deux hon-
teusement hors du séjour de la Cour;
desorte que le second affront fut pire
que le premier. Quelques-uns des
combattans, tant d'un côté que de
l'autre, furent mis en prison, & on
leur fit saigner la bourse. Pour Dom
Diego Lucifuge, qui étoit l'unique
moteur de toutes ces confusions, il
eut l'adresse de se retirer de ce mauvais
pas, en déclarant qu'il étoit de différente Jurisdiction, & aussi parcequ'il
avoit de puissans amis à la Cour; car il
est constant que hors de ses bizareries
nocturnes, & de son humeur courante
& rodante de nuit, il étoit de très-
agréable conversation. Ce fut de cette
façon qu'ils s'exempta des griffes de
certains petits mangeraux de Justice,
qui eussent bien souhaité de lui pouvoir donner quelque atteinte, ou pour
mieux dire, à ses pistoles.

TROISIE'ME
AVANTURE.

MANZOR se voyant of-
fensé de lui-même, & en-
core plus pressé de sa propre conscience, ayant dé-
livré Lucifuge des embaras de la Justice, ce qu'il n'avoit pû faire sans
beaucoup de peines & de soins; résolut en même-tems de se délivrer
aussi des inquiétudes que ses extravagances lui causoient. Il s'imaginoit
que tout ce qu'il y avoit de gens, ne
pouvoient manquer de lui imputer
toutes les mauvaises habitudes de Dom
Diego, comme ayant été son Précep-
teur; & pour se justifier de toutes ces
fausses opinions, il crût qu'il n'y avoit
point de meilleur moyen que de se retirer de cette fonction, & faire connoître publiquement qu'il étoit bien
éloigné d'autoriser les façons de vivre

toutes extraordinaires de celui qui
avoit été son disciple. Il déclara donc
son intention à notre Avanturier, qui
fit paroître des sentimens bien contraires à ceux qu'il avoit eû du passé ;
puisqu'au lieu de vouloir rompre son
dessein , & le détourner de se séparer
d'avec lui , comme il avoit ci - devant
fait , il lui mit le marché à la main , &
lui répondit froidement : *Que cela dépendoit de lui , & qu'il pouvoit faire tout
ce qu'il trouveroit à propos.* Amanzor extrêmement étonné de se voir pris au
mot , se trouva contraint par honneur
d'effectuer sa proposition , comme il
le fit. Mais il sentit au bout de quelques jours que son courage lui coûtoit
fort cher ; d'autant qu'il n'avoit pas
encore bien expérimenté la peine qu'il
y a de vivre à ses dépens, non plus que
reconnu le plaisir d'être défrayé par
autrui; tant il est vrai que l'on ne s'ap-
perçoit jamais parfaitement de la valeur des choses, que lorsque l'on en a
perdu la joüissance.

Etant enfin lassé de ces incommoditez , & souhaitant de s'en décharger,
il trouva le moyen d'employer quelques personnes de qualité des amis de

Dom Diego , qui avoient beaucoup
de pouvoir fur fon efprit , afin qu'ils
tâchaffent de le reconcilier avec lui ,
& fiffent en forte qu'il pût fe rétablir
dans fa maifon comme il étoit auparavant. Ce fut une grace qu'ils n'eurent
pas beaucoup de peine à obtenir , quoi
qu'au grand défavantage d'Amanzor ;
d'autant que par la capitulation qu'ils
firent enfemble , il fut expreffément
arrêté que l'autorité du Gouverneur
feroit fupprimée , que chacun pouroit
vivre à fa mode, que les comportemens
& les manieres d'agir feroient entierement libres , & qu'enfin ce que l'un
feroit , l'autre n'auroit aucun droit de
s'en formalifer. Et pour que l'exécution de ces articles pût avoir lieu, il fut
arrêté , qu'Amanzor feroit fon domicile du corps de logis où Dom Diego
n'habitoit pas : par ce moyen la paix
fut faite , & Lucifuge s'eftima fort
heureux , & s'applaudit à lui-même
d'avoir fecoüé le joug de cette jurif-
diction pedantefque , qualifiant de ce
nom la conduite d'Amanzor.

La difpofition naturelle qu'avoit
notre Avanturier à joüer des inftru-
mens de même qu'à bien chanter, joint

à l'exercice ordinaire qu'il en faifoit, le rendit fi expert, qu'entre les plus grands maîtres il paffoit pour un homme des plus habiles en cet art ; & comme la reffemblance des inclinations fait ordinairement naître une certaine complaifance que l'on peut nommer amitié, il fit connoiffance avec une jeune Dame qui entendoit & fçavoit la mufique avec tant de perfection, qu'elle pouvoit conftamment être contée pour une dixiéme Mufe. Il fe picqua fi fort de cette affection, & en occupa fi extrêmement fon efprit, qu'il en oublioit prefque tous fes devoirs ; & quoi qu'il lui donnât toutes les preuves de fa paffion, il n'en pût néanmoins avoir d'autres faveurs, que celles que lui pouvoient permettre les honnêtes converfations ; encore falloit-il que ce fût en la compagnie de plufieurs autres femmes de fes amies. Il paffa un Printems & un Eté dans cette perféverançe, & l'Automne ne lui apportant aucun fruit, il défefpera de pouvoir jamais rien obtenir.

Cette Dame s'appelloit Sirene, nom tout-à-fait convenable à fon inclination, & étoit mariée à un homme de

qualité & de respect ; mais si éperdû-
ment jaloux, que tout ce qu'il s'imaginoit passoit dans son esprit pour une
pure vérité. Un grand voyage qui
l'avoit tenu assez long - tems hors de
Madrid, avoit donné le loisir à Dom
Diego de faire ses approches, & à Sirene les moyens de passer le tems à sa
discretion. Le retour de son mari, lui
ayant beaucoup diminué de sa liberté,
elle en donna avis à notre Coureur
Nocturne, & le pria instamment de
vouloir s'abstenir des promenades
qu'il faisoit à toute heure aux environs
de son logis, dans la crainte que son
mari n'en conçût de l'ombrage : que
la nuit suivante sans aucune faute ils
se pouroient voir dans une maison
tout joignant la sienne, chez une voisine qui lui étoit confidente, qu'il ne
manquât pas de s'y trouver sur les dix
heures, & que là ils s'entretiendroient
plus amplement des moyens de continuer leurs affections, & d'entretenir
leurs amitiez ; & qu'afin qu'il ne pût
se méprendre au rendez-vous, il trouveroit quelqu'un dans la ruë qui lui en
donneroit des enseignes plus certaines.

Il n'y a point de doute que Dom
Diego ne reçût ce meſſage avec beaucoup de joye, & qu'il ne s'imaginât
d'être au dernier terme de ſes eſpérances & de ſes ſouhaits, s'aſſurant que
Sirene ne le faiſoit que dans le deſſein
de le récompenſer ſelon le mérite de
ſes longs ſervices. L'heure étant venuë
le Galant s'équippa le mieux qu'il pût,
& mit un habit des plus magnifiques
qu'il eût dans ſa garde-robe, pour paroître avec plus d'avantage, & n'oublia pas de ſe munir d'armes défenſi-
ves, afin de ſe garantir des accidens
qui lui pourroient arriver. Il ſort de
ſa maiſon marchant à grand pas, craignant d'arriver le dernier au lieu du
duël, où il croyoit être appellé ; mais
y étant, & ne voyant perſonne dans
la ruë, pour l'inſtruire de ce qu'il
avoit à faire, il fut obligé d'exercer
ſa patience, en attendant des nouvelles de Sirene ; il ſe promenoit, il
s'arrêtoit, il écoutoit, & commençoit enfin à ſe plaindre de ſa deſtinée,
lorſqu'une ſervante de Sirene parût à
la porte, & lui dit que ſa Maîtreſſe
avoit été contrainte d'aller promener,
& prendre le frais de la ſoirée avec

son mari dans un lieu qu'elle ignoroit,
& qu'il pouvoit se donner la peine de
revenir dans deux heures. Ces paroles
lui furent d'assez dure digestion, d'autant qu'il pensoit trouver un mets
bien plus délicat que celui-là. Cependant après avoir bien ruminé, il jugea que Sirene avoit dû rendre cette
complaisance aux volontez de son
mari, & que pour l'imiter, il devoit
aussi se résoudre à patienter, & attendre son retour, qui lui alloit durer
pour le moins un siécle. Il tâchoit de
divertir ses inquiétudes en allant &
venant, quand il apperçût un homme qui faisoit le même exercice, &
qui attendoit comme lui, l'occasion
de parler à quelque Dame du voisinage de Sirene. C'est pourquoi lui
voulant laisser le champ libre, & de
peur de se faire connoître & de causer
du scandale (d'autant qu'il étoit
Amant discret) il se résolut d'aller
rêver dans la Prairie de Madrid, en
attendant que le terme de son assignation fût expiré. L'air s'étant trouvé
cette nuit plus froid & plus couvert
que de coutume, rendoit la Prairie
plus solitaire & dans un plus grand si-

lence ; car quoique ce foit les promenades ordinaires des Dames & des
Cavaliers de la Cour de Madrid, il
n'y avoit alors perfonne, parce que
c'étoit une heure induë, étant pour
le moins minuit. Il eut donc le moïen
de pouvoir entretenir fes belles penfées, fans craindre d'être interrompu,
ni d'être choqué des allans & des venans ; il fe promena deux fois d'un
bout à l'autre à grands pas, s'imaginant peut-être que par cette diligence
il avançoit le tems du retour de fa
belle ; mais comme il étoit fur le point
de s'en aller, il entendit affez proche
de lui une femme qui fe plaignoit, &
qui prononçoit ces paroles : *Quoi !*
chere moitié de mon ame, ferois-tu bien
fi traître que de m'avoir amenée ici à
deffein de m'ôter la vie ? Notre Avanturier Nocturne émû de compaffion,
remarqua l'endroit d'où ces triftes ac-
cens pouvoient provenir ; & fans penfer aucunement à fon affignation, il
s'en alla la rondache dans une main &
l'épée dans l'autre, pour fecourir
cette perfonne, qui paroiffoit être
dans un fi preffant danger. A peine
avoit-il fait vingt pas, qu'il trouva un

Caroffe

Caroffe attelé de deux chevaux, lequel
étoit fermé d'un côté, & ouvert de
l'autre ; & un peu plus loin, un homme à pied & une femme à genoux
devant lui. Cet homme ayant entendu venir quelqu'un, s'en vint au devant de lui l'épée à la main, en lui
criant : *Demeures - là. Demeures-toi*
même, répondit Dom Lucifuge fort
vigoureufement, « & apprens que je
» viens ici pour te châtier de la trahi-
» fon que tu prétends commettre con-
» tre cette pauvre femme, qui n'a
» point d'autre défenfe que fes lar-
» mes, affez efficaces néanmoins, à
» l'égard d'un courage noble duquel
» tu ne tiens rien, puifque tu es infen-
» fible à fes plaintes. » L'autre fe
fentant picqué d'honneur, repartit
promptement de l'épée, Dom Diego para le coup, & ainfi ces deux
ennemis inconnus, fe mettant à fé-
railler, ne prétendoient pas moins
que de s'ôter la vie l'un à l'autre ;
mais Dom Diego ayant plus d'adreffe, ou plus de bonheur, lui donna
deux coups d'épée l'un fur l'autre,
qui jetterent fon homme par terre,
lequel en tombant s'écria : *Je fuis mort,*

F

& demeura évanoüi. Lucifuge le laiffant dans l'état où il étoit, s'en fut,
fans perdre de tems, prendre cette
femme, qui étoit toute hors d'elle-
même, de l'extrême douleur qu'elle
avoit reffentie, au cri mortel de celui
qui l'avoit voulu tuer, s'imaginant
qu'il fut mort. Soit qu'elle craignit
quelque danger de cet accident, où
bien que véritablement elle aimât cet
homme, Dom Diego la trouva comme pâmée, & fans aucun fentiment ;
il l'enleva neanmoins de-là, la mit
dans le Caroffe, abbattit la portiére
qui étoit ouverte, & faifant le métier
de Cocher, la mena droit à fa maifon. Il s'en fut enfuite au corps de logis
réfervé, dans lequel Amanzor étoit
logé, & l'ayant fait lever fans chandelle, afin que les voifins ne s'apper-
çuffent de rien, ils porterent enfemble cette femme fur un lit, n'ayant
voulu appeller aucun Valet pour leur
aider, par la raifon qu'il y a toûjours
peu de fecret aux affaires dont ces fortes de gens prennent connoiffance.

Notre Avanturier s'étant un peu re-
pofé raconta fuccintement à Amanfor
ce qui lui étoit arrivé, & lui tint ce

difcours : » Voici une femme que je
» ne connois point, & à laquelle je
» viens de fauver la vie, m'étant trou-
» vé dans un lieu où un Barbare la
» vouloit tuer ; vous voyez qu'elle eft
» encore en foibleffe de la peur qu'elle
» en a euë, ayez-en foin, je vous la
» recommande. » Et fans lui dire autre chofe, il fort, & remontant fur le
caroffe il le mena devant la porte d'un
Eccléfiaftique fort homme de bien &
craignant Dieu, & l'ayant appellé à
haute voix il le pria de vouloir mettre
la tête à la fenêtre, ce qu'il fit auffi-
tôt ; & lors Dom Diego Lucifuge,
fans pourtant fe nommer, lui dit ces
paroles : » Monfieur, votre Révéren-
» ce fçaura que ce caroffe s'eft trouvé
» par hazard dans la ruë fans maître ni
» fans Cocher, je vous l'abandonne,
» étant très perfuadé que votre probi-
» té fera toutes les diligences poffibles
» pour le faire rendre à qui il appar-
» tient. Adieu. » Et fans attendre de
réponfe il fe retira promptement, laiffant ce bon homme en grande confufion : de-là il prit fon chemin devers la
maifon de Sirene, ayant l'efprit rempli d'inquiétude, dans la crainte d'a-

voir manqué l'occasion, d'autant qu'il
étoit une heure plus tard que l'on ne
lui avoit marqué pour son retour. En
approchant de la porte il trouva la servante de cette aimable femme, qui lui
dit : « Que sa Maîtresse n'étoit pas
» encore revenuë, & qu'il falloit ap-
» paremment qu'elle fût allée chez sa
» Mere avec son Mari laquelle étoit
» une riche veuve de qui elle rappor-
» toit toûjours quelque présent de
» valeur ; qu'en cas qu'elle fût là, il
» lui étoit inutile d'attendre toute la
» nuit, & même huit jours ; d'autant
» qu'elle aimoit si passionnément cette
» Mere, que quand elle étoit une fois
» dans cette maison, elle ne pouvoit
» presque se résoudre à revenir. » Ce
discours mit quelque soupçon dans
l'ame de Dom Diego, qui fut assez
fin pour juger que cette suivante lui en
donnoit à garder ; mais ne sçachant à
quoi cela pouvoit buter, il ne la voulût
point interroger d'avantage, & faisant
semblant de croire tout ce qu'elle lui
disoit, il se retira.

En donnant ainsi exercice à sa patience, il fit un grand circuit autour
de la maison de Sirene, dans lequel il

employa près d'une demi-heure; venant à repasser encore une fois devant
ce même logis, il le vit plein de Sergens, d'Archers, de Greffier, & de
populace qui faisoient une grande ru-
meur. S'étant approché, & même informé du sujet de cette émotion, on
lui répondit: *Que l'on venoit d'apporter*
Dom Leandre, le mari de la belle Sirene,
extrêmement blessé, & que l'on ne sçavoit
avec qui il avoit eu cette querelle. A
cette réponse, il jugea aussi-tôt qu'il
ne faisoit pas bon pour lui dans cet
endroit; puisque s'il étoit jamais reconnu pour celui qui faisoit la Cour
à sa femme, & trouvé armé comme il
étoit, l'on pouroit bien se saisir de lui,
& qu'il auroit assez de peine à justifier
son innocence, quoi qu'elle fût très-
assurée selon sa créance, ne s'imaginant nullement d'être interessé dans
cette action. Il s'en revint donc chez
lui, dans le dessein d'envoyer un de ses
domestiques, pour lui rapporter au
vrai ce qui étoit arrivé au mari de la
charmante Sirene.

Il ne pût s'empêcher en chemin faisant de regreter le malheur qui étoit
arrivé à ce pauvre homme, & de sou-

haiter que celui qui avoit commis ce
malheur fût févérement châtié. Le
motif de fon regret n'étoit cependant
point en confideration de quelque affection qu'il portât à Dom Leandre ;
mais feulement pour l'amour de fon
aimable Sirene , parce qu'il fçavoit
très-bien, que n'ayant pû avoir d'enfans de fon mari , elle feroit indubitablement privée de la poffeffion
de fon bien, duquel fes héritiers s'em-
pareroient auffi-tôt. Il eft tems que
nous retournions voir en quel état
eft l'infortunéc femme de ce mari
trop jaloux.

Nous l'avons laiffée à demi-morte
entre les mains d'Amanzor , qui l'a-
yant voulu fecourir dans une néceffité
fi preffante, avoit allumé de la chandelle , & qui lui ayant mis dans la
bouche un peu de confection d'al-
kermes , lui avoit réveillé fes efprits
affoupis. Si-tôt qu'elle fût revenuë de
fa foibleffe , & qu'elle eût ouvert les
yeux, elle fut extrêmement furprife
de fe voir dans un lieu , & auprès d'un
homme inconnu , ignorant fi c'étoit
celui qui l'avoit garantie de la mort ;
& prenant la parole, elle lui dit :

» Monsieur, fi c'est vous dont le cou-
» rage & la valeur m'a sauvé la vie,
» je vous conjure, par cette même gé-
» nérosité, de me sauver aussi du scan-
» dale ; & pour cet effet, sans vous
» informer qui je suis, quoique peut-
» être vous le sçachiez déja, je vous
» supplie instamment de me faire me-
» ner avant qu'il soit jour, devant
» l'Eglise de Saint Jerôme ; ce sera la
» plus grande obligation que je puisse
» vous avoir, dans la misere où votre
» charité m'a réduite. Hélas ! *dit-elle*
» *avec un grand soupir*, celui que vous
» avez tué étoit mon mari : il est vrai
» qu'il alloit attenter sur ma vie, &
» que vous l'en avez empêché, c'est
» dequoi je vous rends graces, & non
» pas à la destinée, puisque je souhai-
» terois de bon cœur qu'elle en eût
» disposé par un évenement contraire
» à ce qui est arrivé. »

Amanzor, étonné de ce que cette
Dame lui disoit, jugea d'abord en
homme prudent, qu'elle s'imaginoit
assûrément de parler à Dom Diego,
& que c'étoit quelque méchante affaire de laquelle il falloit essayer à le
débarasser ; de sorte que remarquant

la confusion où étoit cette femme, il
conjectura d'abord qu'elle ne connoif-
soit nullement notre Avanturier, &
qu'il devoit se prévaloir de cette ignorance, ce qu'il fit très-judicieusement.
» Mademoiselle, *lui dit-il*, je suis in-
» digne de tous les honnêtes compli-
» mens que vous me faites, & je ne
» puis vous conseiller autre chose que
» de les conserver pour celui qui les
» mérite; puisque vous pouvez juger,
» à ma façon & à mon habillement,
» que je me mêlerois plûtôt de don-
» ner des coups de plume que des
» coups d'épée; & en effet je suis
» tout-à-fait ignorant des choses que
» vous me déclarez : je ne sçais nulle-
» ment qui vous êtes, à moins que
» vous ne soyez un Ange, l'éclat &
» les charmes de votre beauté me don-
» nent cette opinion ; mais sans vou-
» loir m'en informer, ni perdre le
» tems qui vous est si cher, & que
» vous desirez de sortir d'ici avant qu'il
» soit jour, je m'offre de vous con-
» duire moi-même devant l'Eglise de
» de S. Jerôme, à condition néan-
» moins, qu'avant de sortir de cette
» chambre, vous me donniez la per-
missssion

» miſſion de vous voiler le viſage , &
» de vous couvrir les yeux , & que
» vous me jurerez de ne vous décou-
» vrir que je ne vous quitte , vous aſ-
» ſûrant que ce ſera avec tout le reſ-
» pect qui vous eſt dû , & que j'ai un
» ſenſible déplaiſir de me voir obligé
» à vous traiter avec tant de méfiance
» & de ſévérité ; mais je vous dirai
» qu'il eſt fort néceſſaire que j'en uſe
» ainſi pour des conſidérations parti-
» culieres, deſquelles, s'il vous plaît ,
» vous aurez la bonté de ne vous point
» informer, non plus que je le fais ,
» pour ſçavoir qui vous êtes. »

Cette pauvre Demoiſelle ſe trouvant au pouvoir de cet homme , &
conſidérant l'honnêteté avec laquelle
il lui parloit, s'abandonna entierement à ſa diſcrétion, & lui promit,
avec ſerment, de ne point toucher à
ſon viſage que par ſon conſentement.
Amanzor ayant donc pris un linge
bien propre, en fit une vraye figure
de Cupidon en lui bandant les yeux,
& l'emmena hors du logis. A chaque
pas qu'il faiſoit avec elle, il regardoit
derriere lui, & le moindre bruit qu'il
entendoit, il s'imaginoit que c'étoit

G

la Justice qui le venoit surprendre, & arriva enfin, parmi toutes ces appréhensions, jusqu'au Couvent de saint Jerôme. Voyant que c'étoit le lieu où elle prétendoit d'être conduite, il se mit en devoir de la quitter, en lui disant adieu, & s'enfuit avec vîtesse, la peur lui ayant donné des aîles en se sauvant dans la maison de Dom Diego, loüant & remerciant mille fois Dieu de ce qu'il l'avoit délivré d'un si grand danger.

La Dame en question se sentant libre, & que son guide l'avoit quitté, se découvrit les yeux, & se voïant auprès de S. Jerôme; d'autant qu'il commençoit à faire jour, elle crût qu'elle avoit fait un songe, ou du moins que c'étoit un enchantement, & se sauva habilement dans la maison de sa mere, qui étoit toute proche de cette Eglise.

Dom Diego Lucifuge arriva chez lui, presqu'aussi-tôt qu'Amanzor, & se trouvant encore palpitant & échauffé de la course violente qu'il avoit faite, & faisant effort sur lui-même, & sur la tristesse que les malheureux obstacles qui s'étoient opposez à l'ef-

fet de ſes eſpérances lui avoient cau-
ſez , il s'informa d'Amanzor , d'où
pouvoit provenir cette grande altéra-
tion qu'il remarquoit en ſa perſonne
» Ce ſont , lui répondit Amanzor
» d'un air aſſez mécontent , des effets
» de vos inconſidérations , qui mettent
» dans des terribles peines ceux qui
» s'intéreſſent plus à la conſervation
» de votre honneur & de votre vie ,
» que vous ne vous y intéreſſez vous-
» même. » Dom Diego , étonné de
ces paroles , dit à Amanzor , de s'expliquer plus intelligiblement; ce qu'il
fit en lui contant de point en point
tout ce qui s'étoit paſſé depuis qu'il
avoit mis entre ſes mains cette Demoiſelle inconnuë. Il lui récita tous
les propos qu'elle lui avoit tenus , de
la maniere qu'il l'avoit emmenée les
yeux bandez , & la raiſon pourquoi il
en avoit uſé ainſi. Alors notre Avanturier reconnoiſſant le bon office
qu'Amanzor lui venoit de rendre ,
& admirant la prudence de cet homme , qui le délivroit d'un ſi extrême
danger , d'autant qu'il craignoit avec
raiſon d'être recherché pour l'affaire
de la Prairie , l'embraſſa en témoi-

gnage des obligations qu'il lui avoit ;
& dans le tems qu'ils discouroient
ensemble des particularitez de cette
Avanture ; ils entendoient frapper à
la porte de la ruë , de même que si la
personne qui heurtoit eût été pressé
d'entrer. Dom Diego , de même
qu'Amazor , surpris & étonnez , &
tous deux dans l'appréhension , se regardoient l'un l'autre muets comme
des statuës ; ayant à la fin oüi re-
doubler les coups jusqu'à la troisiéme
fois , Lucifuge fut lui-même à la
porte , où il trouva un garçon qui lui
apportoit une Lettre de la part de Sirene. Cet agréable nom lui remit la
tranquilité dans l'esprit , & le repos
dans le sang ; & faisant entrer ce messager , il prit la Lettre dans laquelle
il lût ces paroles,

LETTRE

DE SIRENE A DOM DIEGO.

DOM *Leandre combattu de ses per-*
pétuelles jalousies , & de nouveau
irrité par une servante perfide , qui lui a
fait entendre que nos accès ont été si fa-
miliers , que son honneur en étoit diffamé,

usa hier au soir de la derniere des perfi-
dies en-mon droit. Il me pria de nous aller promener ensemble chez ma mere ;
visite qui lui étoit si extraordinaire, qu'il
me le falloit autrefois importuner afin de l'y
résoudre. Je me disposai innocemment d'o-
béir à ce qu'il vouloit exiger de moi, dans
la crainte de lui donner de l'ombrage,
quoique je fusse au désespoir d'être obligé
de manquer à l'assignation que je vous
avois donnée. Nous sortîmes donc du logis,
& trouvâmes au coin de la rüe un Carosse
qu'il y avoit fait venir exprès dans lequel
il me fit entrer, & ensuite il me tint ce
discours. Nous irons demain voir votre
Mere, allons nous-en pour le présent faire
un tour dans la Prairie, afin d'y prendre
le frais. Je n'ai pas voulu faire venir ce
Carosse devant notre maison, pour ne point
m'engager à mener vos voisines avec nous ;
à notre retour, s'il n'est pas trop tard,
nous irons donner le bon soir à votre Mere:
je lui répondis que j'étois prêts à faire
tout ce qu'il lui plairoit. Nous fîmes un
si grand tour dans la Ville, qu'il étoit
presque minuit lorsque nous arrivâmes
dans la Prairie, & quoiqu'il fît assez
froid, & que le tems fût extrêmement
couvert, nous ne laissâmes pas de mettre

G iij

pied à terre ; il me dit ensuite, qu'il me vouloit faire oüir un Page qui chantoit très-bien, & commanda en même-tems au Cocher (d'autant qu'il étoit la seule personne qui étoit avec nous) de l'aller querir chez un tel de ses amis, qu'il disoit être logé tout près de-là. Le Cocher partit sur le champ, & soit qu'il eût été fort loin, ou qu'il fût instruit par Dom Leandre, il ne revint point. A peine s'étoit-il séparé de nous, que mon mari parlant d'un ton de voix enrhumée, témoin de l'émotion qu'il sentoit, commença à me reprocher les injures qu'il prétendoit avoir reçû de moi, & sans vouloir permettre que je me justifiasse ; il prononça ma sentence de mort, dont il voulut être l'exécuteur, comme il étoit Juge & Partie. Le voyant dans cette cruelle résolution, je tâchai, par mes soumissions & par mes plaintes, de lui attendrir le cœur, & de le rendre capable de quelques sentimens de pitié ; mais bien-loin de l'adoucir, cela ne servoit qu'à l'aigrir davantage. Lorsque le Ciel, favorable à mon innocence, me suscita je ne sçai quel homme, lequel survenant comme par un miracle, se présenta devant Dom Leandre, dans le moment qu'il m'alloit plonger le poignard dans le

sein, & l'appellant avec des paroles in-
jurieuses & outrageantes, l'obligea d'en
venir à un combat contre lui, ce qui fit
que mon mari me quitta, & s'en alla à
lui l'épée à la main ; mais s'étant appro-
chez de la longueur de leurs armes, cet
inconnu lui porta deux coups d'épée qui le
jetterent par terre, en s'écriant qu'il étoit
mort. Cette parole m'effraya si fort, que
j'en tombai pâmée de douleur. Etant tout-
à-fait revenuë de cet évanoüissement, je
me trouvai dans une maison inconnuë, &
j'apperçûs auprès de moi un homme, que
mon imagination troublée me fit prendre
pour celui qui avoit blessé Dom Leandre,
je reconnus neanmoins par la suite qu'il
étoit d'autre profession que de celle des
armes, & craignant les étranges inconvéniens dont je me voyois menacée, je le
priai, sans lui dire mon nom, de me faire
mener proche le Couvent de Saint Jerôme,
ce qu'il m'accorda, à condition de me
bander les yeux. Je ne sçai point à quelle
intention il le faisoit, à moins que ce ne
fut à dessein de m'empêcher de reconnoître
la veritable maison où j'étois. Quoiqu'il
en soit, le plaisir que j'avois d'être hors
de-là, m'obligea de souffrir cette contrainte, & de me soumettre entiérement à ses

*volontez. Il me banda donc les yeux d'un
mouchoir assez propre, & me prenant la
main il me conduisit de même qu'un aveugle
au lieu que je lui avois dit, & où il me laissa,
en me disant adieu. Il disparût si promptement, qu'ayant ôté ce mouchoir de dessus mes yeux, je me trouvai toute seule.
Je m'en allai aussi-tôt jusqu'à la porte du
logis de ma Mere. Mais ayant pensé qu'il
valoit beaucoup mieux me retirer dans l'a-
zile de quelque maison consacrée à Dieu,
que le Porteur de cette Lettre vous nom-
mera. C'est l'endroit où j'ai résolu d'attendre des nouvelles de Dom Leandre &
vos conseils en même-tems, pour me dis-
poser après à faire ce qui me sera le plus
convenable. Dieu vous conserve longues années comme je le desire.*

A chaque période de cette Lettre,
Dom Diego, aussi-bien qu'Amanzor, se regardoient l'un l'autre en faisant des exclamations d'une si surpre-
nante rencontre ; mais rien n'est com-
parable au désespoir où étoit notre
Avanturier, lorsqu'il se représentoit
que la fortune lui avoit mis entre les
mains le bien qu'il recherchoit avec tant
de passion, sans neanmoins l'avoir pû
reconnoître, & qu'il le tenoit chez

lui, pendant qu'il le cherchoit ailleurs
avec empreſſement. Il maudiſſoit mille fois ſa deſtinée, en ſe mettant dans
l'eſprit l'idée de la choſe à la place de
la réalité. « Chere Sirene, diſoit-il,
» comment oſerois-je paroître devant
» toi ! N'auras-tu pas ſujet de me croi-
» re indigne des faveurs que le Ciel
» m'offroit pour récompenſe d'avoir
» expoſé ma vie pour ſauver la tienne !
» Mais enfin cette action ne m'a attirée
» aucune reconnoiſſance, puiſque j'i-
» gnorois que ce fût à toi à qui je
» rendois ce ſervice ; je puis dire auſſi
» que je n'ai point manqué, en laiſ-
» ſant échapper une occaſion ſi favo-
» rable, qui pouvoit me rendre le
» plus heureux de tous les hom-
» mes. »

Il auroit continué ſon diſcours chi-
mérique, ſi Amanzor ne l'eût interrompu, en lui remontrant : « Qu'il
» valoit mieux que le Ciel en eût ainſi
» diſpoſé, pour éviter les malheurs
» où les exactes perquiſitions de la Ju-
» ſtice l'euſſent pû entraîner, puiſ-
» que pouvant être pris enſemble, ils
» n'euſſent jamais pû éviter de ſervir
» d'opprobre à toute leur famille, &

» d'exemple à la postérité ; qu'il lui
» conseilloit de se défaire de ces sor-
» tes de commerces , mais qu'avant
» que de rompre avec Sirene , il ne
» désaprouvoit pas qu'il l'allât voir
» dans le dessein de la consoler , &
» tâcher de la servir , dans les occa-
» sions où son honneur , & sa vie ne
» seroient point engagez. » Et comme
la méfiance a été de tous tems la mere
de la sûreté, il s'offrit de l'accompagner,
quoique cette action fut tout-à-fait
messéante à sa condition , & d'aller le
premier dans le Couvent où le Messager le devoit mener , pour s'assûrer
si ce n'étoit point quelques fausses enseignes , propres à lui joüer un mauvais tour.

Dom Diego cédant à ses avis salu-
taires , loüa la prudence d'Amanzor ,
& sans perdre de tems , ils se firent
conduire par ce Messager , où il reconnut la sincérité de Sirene , qu'il
trouva seule au lieu qu'elle lui avoit
marqué. Ils s'entretinrent assez long-
tems ensemble , & se découvrirent
l'un à l'autre les circonstances qui
s'étoient passées dans cette affaire , depuis le commencement jusqu'aux ter-

mes où ils en étoient. Mais Sirene
ayant reconnu Amanzor, elle se trouva si étonnée, qu'elle tomba presque
évanoüie entre les bras de sa mere qui
étoit présente à cette visite ; & comme la nuit s'approchoit, Lucifuge se
trouva obligé de prendre congé de la
compagnie, & de s'en retourner avec
Amanzor.

En approchant de son logis, il fit
rencontre du Docteur Varele, qui
étoit le Prêtre en la charge duquel il
avoit laissé le Carosse, & qui lui raconta de point en point ce qui étoit
arrivé, ce que Dom Diego écouta
avec autant d'attention, que s'il n'eût
rien sçû de la chose ; & continuant,
il lui apprit qu'il avoit trouvé celui
à qui appartenoit le Carosse, que l'on
cherchoit de tous côtez le Cocher
pour l'interroger sur les particularitez
de ce fait ; & qu'enfin la Servante qui
étoit cause de ce scandale, s'étoit
éclipsée.

Cependant Dom Leandre se trouvoit entre les mains de la Justice, des
Médecins & des Chirurgiens, & parmi de très-fâcheux tourmens d'esprit,
aussi-bien que de corps, des Archers

le gardoient comme un criminel , d'autant qu'il avoit volontairement confessé que lorsque ce malheur lui arriva , il avoit mené sa femme dans la Prairie dans un dessein prémédité de l'assassiner.

De tous ceux qui entendirent parler de cette histoire , il n'y en eût pas un qui ne désirât passionément , de sçavoir le nom du brave qui avoit délivré Sirene d'un péril si évident ; mais Dom Lucifuge ne voulut point profiter de cette vaine gloire , de peur d'y trouver dans la suite beaucoup d'amertume , & qu'il ne se vît traité selon toutes les rigueurs de la Justice ; d'autant que s'il eût été reconnu pour l'Amant de Sirene, on eût infailliblement crû qu'il s'étoit trouvé dans la Prairie de propos délibéré , & non par hazard. De sorte que pour éviter tous les inconvéniens qui en pouvoient arriver, & persuader Amanzor de l'estime qu'il faisoit de ses sages conseils , il résolut d'être assidu chez lui , & de ne se plus mêler de pareilles affaires. Il reçût peu de jours après nouvelle de la mort de Dom Leandre , que l'on publioit par tout

être plûtôt arrivée par les bleſſures
qu'il avoit lui-même cauſée à ſon
ame, en deshonòrant ſa propre réputation, que par celles que la main de
l'inconnu lui avoit fait au corps ; &
que Sirene infiniment affligée de la
perte qu'elle avoit faite, s'étoit enfin
renduë Religieuſe dans le Couvent
où Dom Lucifuge lui avoit renduë
viſite, pour y faire pénitence de ſes
fautes, & de celles qu'elle avoit fait
commettre à autrui. Notre Avanturier fût ſaiſi d'un ſi extrême déplaiſir
au récit de ces deux triſtes nouvelles,
qu'il en gagna une maladie dangereu-
ſe, juſques-là que peu s'en fallut
qu'il ne ſuivit Dom Leandre de fort
près.

QUATRIE'ME
AVANTURE.

LA maladie de Dom Diego Lucifuge fut affez longue ; quoique fes douleurs, & fes chagrins fuffent un peu moderez par la compagnie fidelle & les foins affidus d'Amanzor, qui tâchoit de le divertir par quelques difcours agréables, mêlez de matieres férieufes, & de bons documens à fuivre, d'autant que tout ce que lui difoit Amanzor, n'avoit point d'autre fin que celle de le faire rentrer en lui-même, & changer fes mauvaifes habitudes. Ses amis ne manquoient pas auffi de le vifiter, & lui faifoient le recit, tant des nouvelles générales de la Cour, que de ce qui fe paffoit de plus particulier dans la Ville. Enfin, lorfqu'il fut parfaitement guéri, perfonne ne douta plus

qu'il n'eût abandonné ses étranges
coûtumes, puisqu'il se rendit sociable
pendant le jour, qu'il haïssoit auparavant avec excès; mais ils se tromperent
fort dans ce qu'ils avoient conjecturé,
d'autant qu'il retomba peu de tems
après dans ses vieilles erreurs.

Le Carnaval arrivant, il se mit en
débauches, & fit de nouvelles protestations d'inimitié contre les heures du
jour, en confirmant par un serment
solemnel l'immortelle alliance qu'il
avoit contractée avec celles de la nuit:
De sorte que le soir du Dimanche, que
le vulgaire appelle *gras*, parce que la
gourmandise & l'yvrognerie y sont
alors en plus grande vogue, il fut d'un
souper, où les viandes piquantes &
propres à irriter la soif, étoient en
abondance, de même que les vins délicieux, & les plus capables d'exciter
l'envie de boire aux plus sobres. Après
que la compagnie eût employé plus de
quatre grosses heures à remplir leur
ventre des mets qui leur avoient été
servis, & avoir choqué les verres, ils
se mirent à déchirer la réputation de
quantité de gens de bien, & à médire
des choses les plus licites; mais com-

me il se trouvoit dans cette assemblée
des gens, dont la présence étoit sus-
pecte à notre Coureur de nuit, il se
déroba finement à dessein d'aller chercher une compagnie qui lui fut plus
agréable, il prit pour escorte son épée
& sa rondache, & passant par les quartiers les plus écartez de la Ville, il alla
droit à une maison d'Academie, non
pas de celles où l'on enseigne la vertu,
mais où l'on ne peut apprendre que le
vice, dans laquelle les uns plumoient
les Pigeons, les autres s'occupoient à
piquer l'honneur jusqu'au sang : c'é-
toit dans ce métier incomparablement
plus méchant que l'autre, que Dom
Diego étoit expert, & en quoi il faisoit moins de scrupule ; d'autant que
sans mettre son bien au hazard, il n'y
perdoit que celui du prochain. Il n'a-
voit pas encore fait la moitié du chemin qu'il avoit entrepris, lorsqu'il se
rencontra devant une maison inconnuë, dont la porte étoit entr'ouverte,
& où l'on ne voyoit ni Ciel ni terre.
La curiosité ordinaire qu'il avoit d'é-
pier les actions d'autrui, pour publier
celles qu'il trouvoit dignes de voir le
jour, lui fit mettre l'épée à la main
sans

fans néanmoins la tirer hors de fon foureau, & entrant hardiment dans ce logis, il paffa par une longue allée, il fe trouva dans un grand & vafte lieu où il n'y avoit auffi aucune lumiere : fe figurant bien que cette négligence n'étoit point fans deffein, il s'arrêta tout court, & quoi qu'il fût affez per-fuadé que c'étoit une témérité que d'entrer plus avant, il ne laiffa pas que de fe réfoudre à tenter fortune. Il continua donc fon chemin en tâtonnant, tant qu'à la fin il trouva une autre porte entr'ouverte, laquelle il pouffa & entra dedans, il fe trouva fur une fauffe trappe ou fur une bafcule, qui le fit tomber dix ou douze pieds de profondeur, cependant affez favorablement, puifque tout le mal qui lui en arriva fut de perdre fon épée qui lui fauta de la main en tombant, ayant été obligé de la lâcher pour tâcher de fe retenir à quelque chofe. Dans ce moment il entendit une voix qui paroiffoit venir de plus loin que du lieu où il étoit, qui lui demanda : *Qui va là ?* Dom Diego encore tout étonné & tout ému de fa chûte, ne répondit rien pour cette premiere fois, & comme il

H

traînoit fes pieds par terre effayant de
retrouver fon épée, la même voix repe-
ta encore, *qui va là*? A quoi il répondit,
dans la crainte qu'il avoit que l'on ne
le vint charger fans reconnoître. *C'eft
un homme feul : Si c'eft un homme*, dit
cette voix, *il peut entrer*. Ce fut pour
lors que notre Avanturier nocturne fe
repantit de s'être mis dans un fi effroyable labyrinthe fans en pouvoir
trouver l'iffuë ; mais fon deftin ne le
tira de cette appréhenfion que pour le
faire entrer dans une plus grande ; car
fe voyant obligé malgré lui de paffer
outre, puifqu'il n'y avoit pas moyen
de reculer, il s'avança vers la voix qu'il
avoit oüie, & entra dans une grande
falle, où d'abord il vit quatre petites
lampes penduës aux quatre coins du
plancher, qui rendoient une lueur fi
obfcure, qu'à peine pouvoit-il diftin-
guer les autres chofes qu'il trouva dans
ce lieu ; avançant un peu plus avant,
il apperçût comme une repréfentation
de deux hommes habillez de noir en
pénitent affis chacun dans un fauteüil,
l'un defquels étoit appuyé fur fa main
de même que s'il fommeilloit, & l'autre dans la pofture d'un homme veil-

lant qui fembloit accompagner le corps d'un trépaffé qui étoit à fes pieds vêtu en Capucin, & étendu par terre fur un drap mortuaire.

Dom Diego fut un peu faifi de frayeur à ce funefte fpectacle; mais après avoir fouffert cette premiere foiblefle, il reprit vigueur. Enfin le dormeur s'éveillant, s'adreffa à fon compagnon, & tous deux enfemble fe mirent à faire quantité de queftions à notre Avanturier, & lui dirent: *N'estu pas celui que l'on appelle Dom Diego?* Oüi, je le fuis, répondit-il; *& comment fçavez-vous mon nom? Ne t'informes pas de cela*, lui repartirent les deux pénitens avec un ton de voix affez fiere, & qui auroit été capable d'étonner le plus intrépide, *réponds à nos interrogations, parce que de ce que tu diras, dépendent beaucoup de chofes que nous devons exécuter cette nuit.* Lucifuge entendant ces paroles ne fçavoit quel Saint reclamer, ni à quoi il devoit fe réfoudre, & blâmoit de tout fon cœur fon impertinente curiofité; enfin fe préparant hardiment à tout ce qui lui pouvoit arriver, & il reprit la parole, & dit à fes interrogateurs: « Et bien que

H ij

» faut-il faire! Je vous dis que je suis
» Dom Diego, & que vous êtes des
» Démons : Il semble qu'il veut nous
» connoître, » dit l'un de ces lugubres
enquêteurs à l'autre. « Il faut, lui ré-
» pondirent-ils unanimement, que tu
» demeures ici seul pour garder ce corps
» mort, pendant le tems que nous
» irons ailleurs vaquer à ce qui nous est
» ordonné, & quelque chose que tu
» voyes ou que tu entendes, il ne faut
» point t'en effrayer ». Et tout aussi-
tôt sans attendre sa réponse, non plus
que son consentement, ils se leverent
& sortant, ils fermerent la porte sur
Dom Diego, lequel se voyant seul
avec ce Cadave, s'imagina que c'étoit
un châtiment de Dieu, & qu'il ne pouvoit faire autre chose en cette rencontre, que d'implorer sa miséricorde sou-
veraine; il se couvrit tout le corps de
signes de Croix, & invoqua l'assistance
de la Vierge & des Anges, d'autant
que l'avertissement que ces deux spec-
tres lui avoient donné, lui remplis-
soient l'ame de mille imaginations
épouvantables.

Il n'y avoit pas long-tems que ces
deux lugubres fantômes étoient dif-

parus , lorsqu'il entendit de tristes gé-
missemens , & un bruit pareil à quelqu'un qui eût traîné des chaînes sur le
plancher de cette salle, qui n'étoit fa-
briqué que de simples aix , & il se faisoit quelquefois des tintamarres si horribles , qu'il sembloit que toute la
maison allât s'abîmer : Ce qui lui donna de si terribles inquiétudes & de si
horribles allarmes , qu'il songea aux
moyens de se sauver ; mais s'en allant
vers la porte pour tâcher de l'ouvrir ,
il oüit une voix cassée & comme sortant de quelque profonde caverne, qui
lui dit : « Où penses-tu fuir , Dom
» Diego ? Tournes visage , puisqu'il
» ne t'est pas encore permis de te sé-
» parer de moi : Reviens donc ou bien
» je te suivrai ». Notre Avanturier ne
pouvant forcer la porte pour sortir ,
se retourna & vît que c'étoit le mort
qui lui parloit en ces termes : « Ap-
» prends mortel Dom Diego , que je
» suis celui auquel depuis peu de jours
» tu a ôté la vie avec tant d'inconsidé-
» ration , & sans jamais t'avoir fait au-
» cune injure : Cruel & barbare que
» tu es, penses-tu que le Ciel ne me
» vengera pas de toi , & que quelque

» effroyable malheur ne t'accablera pas
» pour le châtiment de ton crime !
» C'eſt par ſa Providence que tu as
» été conduit ici, pour entendre mes
» juſtes reproches : Approches - toi,
» approches - toi de moi, afin que tu
» puiſſes entendre plus clairement ce
» que j'ay à te dire.

Ce diſcours augmenta de beaucoup
la terreur de Dom Diego, il crût de
bonne foi que c'étoit l'eſprit de Dom
Leandre qui revenoit de l'autre monde pour le tourmenter : reprenant
néanmoins courage, il s'approcha, &
le trépaſſé continua ainſi : « J'avouë,
» dit-il, que tu m'as tué en combattant
» contre toi, & que j'avois les armes
» à la main ; mais ne m'étant jamais
» adonné dans ma jeuneſſe à l'exercice
» des armes comme tu as fait, il te fut
» très-facile de me vaincre ; & c'eſt à
» préſent qu'il faut que tu m'en faſſes
» raiſon. C'a commençons à lutter
» corps à corps, à cette condition que
» ſi tu me jettes par terre, je te promets
» non-ſeulement de ne plus t'inquié-
» ter, mais auſſi d'empêcher que pas
» un de mes compagnons ne le faſſent;
» & ſi je demeure le vainqueur, tu ſe-

» ras obligé de venir tous les ans au
» même jour que celui de ma mort,
» paſſer toute la nuit dans le ciméticre
» & ſur la foſſe où je ſuis enterré ».
Notre Avanturier voyant que la partie n'étoit pas tout-à-fait égale, lui
répondit : « qu'il ne trouvoit pas à
» propos d'accepter le défi, puiſqu'il
» n'y avoit aucune apparence d'eſperer
» de ſurmonter une force ſpirituelle
» avec une foibleſſe humaine ». Faiſant néanmoins refléxion en lui-même,
qu'il ne pouvoit trouver une occaſion
plus favorable de rendre une preuve
ſignalée de ſon courage, il ſe prépara
au combat, & ſe mit dans la poſture
la plus ferme pour réſiſter aux efforts
de ſon ennemi. Le mort s'étant levé,
parût beaucoup plus grand qu'un
homme ordinaire, l'habit de Capucin
& le cocluchon tout droit lui donnant
cet avantage, & auſſi-tôt les quatre
lampes qui étoient attachées au plancher tombèrent par terre & s'éteigni-
rent; ce qui effraya tellement Dom
Diego, qu'une ſueur froide ſe répandit par tout ſon corps, & il fut ſaiſi
d'un tremblement ſi extraordinaire,
qu'il en demeura immobile & comme
infenſible.

Dans le moment que les lampes tomberent, le mort se jetta avec tant de furie sur notre effrayé Lucifuge, qu'il le jetta par terre à trois pas de lui, de même que s'il eût été privé de vie, puisqu'il demeura presqu'une heure évanoüi, tant de sa peur que de sa chute. Ses esprits lui étant revenus, il ne sçavoit s'il étoit dans ce monde ou dans l'autre ; ayant repris un peu de vigueur, il s'assit par terre, & apperçût qu'il étoit jour. Après avoir fait une exacte perquisition de tout ce qu'il s'imaginoit devoir être à l'entour de lui, il ne vit que les quatre murailles, & se levant, il chercha vainement quelques vestiges de ces visions passées, d'autant qu'il n'y en étoit resté aucune apparence, & que tout étoit disparu, même jusqu'aux lampes qu'il avoit vûë tomber & s'éteindre.

Le jour s'augmentant de même que son courage, il lui prit envie de visiter cette maison du haut en bas, ce qu'il exécuta, n'y trouvant rien que ce qu'il avoit apporté, qui étoit son épée, qui lui avoit manqué au besoin, il sortit de ce domicile de phantômes

mes pour se retirer dans le sien, avant
que le jour fut plus grand. Son dessein
étoit de s'informer du voisinage, à
qui pouvoit appartenir cette maison,
& la raison pourquoi elle n'étoit point
habitée; mais il étoit encore si matin,
qu'il ne vît personne à qui il pût s'a-
dresser pour le demander. Il prit donc
le chemin de son logis, en raisonnant
ainsi en lui-même. « C'est une chose
» certaine, que cette maison est aban-
» donnée aux Lutins, puisque per-
» sonne n'y oseroit habiter, & le plus
» grand de mes étonnemens est, que
» dans une Ville de Madrid où le Roy
» fait son séjour ordinaire, l'on n'ap-
» porte aucun remede à ce qui peut
» causer de si grands inconveniens au
» public; si je me mets sur le pied d'al-
» ler faire un récit de cette Avanture
» à qui que se puisse être, il est certain
» que l'on se mocquera de moi, & que
» l'on fera passer cette affaire pour une
» rêverie, & celui à qui elle est arri-
» vée pour un fol : C'est pourquoi je
» préfere le parti de m'en taire à celui
» de le publier; puisqu'aussi-bien je
» suis sûr que l'on n'ajoûteroit point
» foi à tout ce qui j'en pourrois dire.

I

» quoique je fois extrêmement fâché
» d'être obligé d'enfevélir dans le fi-
» lence, une rencontre fi extraordi-
» naire.

En faifant ce raifonnement il arriva
chez lui, où entrant, felon fa coûtume fans heurter, il fe fervit de fon
paffe-par-tout, & fut auffi-tôt fe mettre au lit, afin de fe repofer, & reprendre haleine après la fatigue qu'il avoit
paffée. Amanzor ne fçachant pourquoi
il ne fe levoit point, s'en alla dans fa
chambre fur les quatre heures du foir,
& l'éveilla. « Ha Dieu, lui dit Dom
» Diego en faifant un grand foupir ;
» Vous m'avez tiré d'une extrême con-
» fufion. Comment cela, repartit
» Amanzor! J'avois, répondit-il, l'ef-
» prit tourmenté d'un fâcheux fonge,
» caufé par l'effroyable rencontre que
» j'ay fait la nuit paffée ; » & donnant
à Amanzor la curiofité de s'en informer, il lui en fit un entier récit. Le prudent & fage Amanzor, qui avoit toûjours l'efprit occupé de contempla-
tion, lui dit : « Que ce ne pouvoit
» être autre chofe, que de favorables
» avertiffemens du Ciel, afin de l'obli-
» ger à fe reconnoître ; qu'il devoit

» avoir foin de ne les pas négliger, de
» crainte qu'un avertiſſement ſi doux
» ne fit place à un châtiment rigou-
» reux : Que Dieu qui le traitoit en
» Pere indulgent, pouvoit allumer ſa
» colere, & le punir des excès qu'il
» commettoit continuellement : Que
» le ſang de ce Cavalier qu'il avoit tué
» il n'y avoit pas long-tems, & à qui
» il prétendoit de ravir l'honneur, de-
» mandoit à l'Eternel la vangeance de
» cette injure : Qu'il étoit plus que
» tems de ſe réformer & d'abandon-
» ner ſes folies & ſes extravagances :
» Qu'il devoit ouvrir les yeux, & cher-
» cher la lumiere de ſa raiſon, parmi
» celle du jour, à moins qu'il ne vou-
» lût paſſer pour être aveugle de l'ame
» de même que du corps, puiſqu'il
» portoit une ſi forte haine à la clarté :
» Qu'il devoit profiter du talent que
» Dieu lui avoit donné : Qu'il faiſoit
» tort à lui-même & au public, d'au-
» tant que ſa condition & ſon mérite
» le rendoient digne d'être employé
» dans les Charges les plus honorables,
» deſquelles l'un & l'autre pouvoient
» tirer beaucoup d'utilité : Et qu'en-
» fin il s'étoit trouvé en tant d'occa-

» fions , où il avoit donné des preuves
» convaincantes de fon courage , qu'il
» devoit par la fuite rechercher les
» moyens de perfuader tout le monde,
» qu'il avoit autant de prudence que
» de valeur.

Amanzor fatisfait d'une fi longue
audience, crût effectivement d'avoir
foûmis Dom Lucifuge , & d'avoir
repris l'empire qu'il avoit autrefois eû
fur lui ; cette opinion étant fortifiée
par la réponfe qu'il lui fit en ces termes : « Mon cher Maître , dit-il , &
» que je puis juftement appeller mon
» fecond Pere , vous ayant autant d'o-
» bligation qu'à celui qui m'a engen-
» dré : J'avoüe qu'il eft tems que je
» renonce à mes extravagances, & que
» je quitte la vie fcandaleufe que j'ai
» menée jufqu'à préfent, pour em-
» braffer généreufement la vertu , je
» fais une ferme réfolution de fur-
» monter toutes mes mauvaifes incli-
» nations, & de pratiquer dorénavant
» les bons confeils que vous avez la
» bonté de me donner : Pardonnez
» donc, je vous en prie , aux infolen-
» ces que j'ai commifes, que votre
» prudence a bien voulu fupporter ,

» & que vôtre affection a toûjours
» excusé. Il est constant que je me
» suis trouvé cette nuit dans un dan-
» ger, mais si l'on veut donner le tems
» de considerer la maniere avec laquel-
» le je m'y suis engagé, l'on peut assu-
» rer que le Ciel m'a fait beaucoup de
» grace, & qu'il me pouvoit arriver
» un malheur bien plus grand. O mi-
» séricorde Divine, de combien de
» graces ne vous suis-je pas redevable !
» Et quelles loüanges ne dois-je pas
» vous donner, après m'avoir tiré d'un
» si évident péril, & duquel je ne
» croyois jamais sortir ». Ces vifs ressentimens accompagnez de larmes,
firent croire à Amanzor que Dom
Diego se repentoit effectivement de
ses excès, & lui donnerent lieu d'espérer qu'il en viendroit à un parfait
amandement.

Ils en étoient sur ce discours lorsqu'ils entendirent heurter à la porte
du logis : Diego Lucifuge défendit
à ses gens d'ouvrir, voulant par le silence obliger celui qui avoit heurté de
s'en retourner, dans le dessein d'éviter
les occasions qui pouvoient le détourner de la résolution qu'il avoit prise ;

d'autant que la nuit approchant, il
s'imagina que ce ne pouvoit être que
quelque compagnon de débauche, qui
venoit pour lui faire oublier ces bonnes propofitions ; & plus notre amitié
convertie ne vouloit point répondre,
plus celui qui étoit à la porte s'éfor-
çoit de frapper, lequel n'étant pas
content du bruit que faifoit le mar-
teau, fe fervit d'un gros caillou qu'il
trouva là par hazard ; de forte que
Doin Diego las d'entendre ce tintamare, donna ordre que l'on ouvrit, &
vît entrer auffi-tôt un certain matois
de fes anciens camarades, lequel avec
un ris contraint, & qui ne paffoit pas,
comme l'on dit, le nœud de la gorge,
marquoit affez le mécontentement
qu'il avoit d'avoir attendu fi long-
tems. Ils s'entrefaluerent néanmoins
beaucoup plus civilement que de coûtume, l'humeur férieufe de notre
Avanturier, obligeant l'autre à faire
plus de cérémonies qu'à l'ordinaire.

Dom Anthoine, ainfi s'appelloit
cet homme, lui demanda : « Com-
» ment il avoit paffé le Carnaval, en
» quelles compagnies il s'étoit trouvé,
» & de quelle maniere il prétendoit

« de passer le reste des jours gras ».
Pendant qu'Amanzor détestoit contre ces sortes de questions , dans la
crainte que ce discours ne remit Dom
Diego dans le chemin dont il croyoit
l'avoir tout-à-fait retiré. « Pour moi,
continua Dom Anthoine, plus atten-
tif à relever & à filer ses moustaches ,
qu'à ce qu'il disoit : « Je manquai la
» nuit passée à prendre un homme
» que vous connoissez très-bien, dans
» un piége que je lui avois tendu; mais
» quoi qu'il en soit, je l'attraperai
» tôt ou tard , & s'il me fait reculer ,
» ce ne sera que pour mieux sauter.
» Comment, repartit Don Diego ,
» qui est donc celui-là ! C'est , répon-
» dit l'autre, ce Gentilhomme Cor-
» duais, que nous appellons le Cheva-
» lier Dom Diego, à cause qu'il s'esti-
» me si noble, & que pour faire diffé-
» rence des autres qui portent ce nom
» aussi-bien que vous , nous le nom-
» mons le Chevalier tout court. Ce
» drole donc se laissant par trop em-
» porter à sa vanité , s'est déclaré l'A-
» mant d'une certaine Demoiselle fort
» belle & fort riche , Fille d'un Avo-
» cat du Souverain Conseil, lequel

I iiij

» paſſant pour un excellent Orateur ,
» & fort employé , s'eſt acquis le nom
» de bouche & de bourſe d'or ; & quoi
» qu'il n'ait point encore communi-
» qué ſes amoureuſes fantaiſies à cette
» Demoiſelle , il la ſuit en tous lieux ,
» & en fait le jaloux & le paſſionné ,
» ſe vantant dans toutes les compa-
» gnies d'en avoir ſujet, & d'être aſſez
» avoüé de cette recherche, pour avoir
» lieu d'en eſpérer une fin heureuſe ;
» la préſomption étant ordinairement
» le vice des ſots.

   » Il faut que vous ſçachiez que les
» fenêtres de la chambre de cette De-
» moiſelle regardent ſur un Cimetie-
» re , ce qui a donné oecaſion à quan-
» tité de gens , de dire qu'elle ne loge
» là , qu'à deſſein de mettre dans un
» même tombeau, tous ceux à qui ſes
» attraits donneront la mort. Ce Che-
» valier a un rival bien plus favoriſé
» que lui, tant des graces , que de la
» fortune, & auſſi beaucoup plus eſtimé
» de cette beauté dont nous parlons ,
» & qui pour empêcher les promenades
» continuelles que le Corduais faiſoit à
» l'entour de la maiſon de ſa Maîtreſ-
» ſe , & avoir plus de liberté de la voir

» les nuits, felon la permiffion qu'il
» en avoit reçûë, fe réfolut de lui
» mettre quelque frayeur dans l'efprit;
» d'autant qu'il avoit entendu dire
» qu'il étoit un peu poltron, & que
» dans un combat où il s'étoit trouvé,
» il avoit fait voir qu'il joüoit mieux
» des pieds que des mains.

 » Il lui dit donc une fois en ma pré-
» fence, que depuis peu de jours on
» avoit enterré un homme dans ce Ci-
» metiere, lequel pour avoir été de
» très-mauvaife vie, fe promenoit dans
» cet endroit toutes les nuits fur les
» trois heures, en traînant des chaînes
» & faifant des cris fi épouvantables,
» que tous ceux qui avoient le malheur
» de le rencontrer en mouroient de
» peur; & que même la plûpart des
» locataires des maifons voifines s'en
» alloient loger ailleurs, les uns après
» les autres, leur étant impoffible de
» pouvoir fupporter davantage ces
» frayeurs; qu'il vouloit bien lui don-
» ner cet avis, quoi qu'il fut fon com-
» pétiteur, & qu'il ne défiroit en cela
» que de lui prouver qu'il étoit fon
» ferviteur, & qu'il feroit extrême-
» ment fàché qu'il lui arrivât un mal-

» heur faute d'avertiſſement ; enfin
» qu'il lui conſeilloit en ami de ſe ſer-
» vir le premier du conſeil qu'il lui
» donnoit, & qu'il devoit vivre dans
» la ſuite avec plus de chaſteté & de
» modeſtie qu'il n'avoit fait du paſſé.

» De mon côté, je tâchai par mes
» perſuaſions de lui donner les mêmes
» appréhenſions ; mais le compagnon
» qui n'étoit pas ſi ſot que nous nous
» l'étions imaginé, ſe mocqua de nos
» diſcours & de la fourbe de ſon rival,
» & ſe mit là-deſſus à nous faire cent
» contes de ſes proüeſſes plus imagi-
» naires qu'effectives, dans le deſſein
» de nous faire connoître qu'il ne crai-
» gnoit rien, & que les eſprits de l'au-
» tre monde n'étoient point capables
» de lui cauſer la moindre épouvante.
» Nous le laiſſâmes dans cette belle
» humeur, & nous nous retirâmes en
» nous regardant l'un l'autre, honteux
» d'avoir ſi mal réuſſi dans ce que nous
» avions projetté ; mais l'envie que
» j'avois de faire épreuve de ſa hardieſ-
» ſe, & de donner quelque atteinte
» aux ſanfaronnades de ce Chevalier,
» me fit réſoudre de paſſer mon Carnaval
» à chercher quelque invention ridi-

» cule pour l'attraper & nous mocquer
» enfuite de lui.

» Le tour que je lui voulois joüer ne
» fut pas difficile à inventer, & tout
» ce qu'il y avoit de plus fâcheux, étoit
» de trouver des gens d'efprit pour
» l'exécution, de crainte que l'affaire
» étant mal conduite, elle ne tournât
» à notre confufion. Vous fçavez que
» j'ai une maifon à la ruë de la Pomme,
» qui eft un quartier aflez reculé, la-
» quelle contient beaucoup d'apparte-
» mens, & où trois ou quatre ménages
» fe peuvent facilement accommoder.
» Il y a environ huit jours que ceux
» qui l'habitoient firent un trou à la
» Lune, & me la laifler fur les bras,
» emportant le loyer d'un terme qu'ils
» me devoient, & quoi qu'il fe foit
» préfenté plufieurs perfonnes pour y
» demeurer, & qu'ils m'ayent offert
» de me payer le loüage d'avance, la
» maifon étant tout-à-fait commode,
» j'ai toûjours différé à clore le mar-
» ché, d'autant que je m'en voulois
» fervir de Théâtre pour la Comedie
» que je préparois à notre hardi Che-
» lier, & qui fe devoit joüer la nuit
» paffée. Je vais vous en dire les parti-
» cularitez.

» Environ une heure après minuit
» je menai dans cette maiſon trois jeu-
» nes comperes qui ſortoient des Uni-
» verſitez, gens d'eſprit & d'adreſſe,
» & leur fit entendre qu'un de mes
» amis & moi avions réſolu par leur
» entremiſe d'éprouver le courage d'un
» certain brave, qui ſe vantoit de ne
» rien craindre des eſprits & des vi-
» ſions qui apparoiſſoient quelquefois
» aux hommes. Les ayant inſtruit de
» mon deſſein, je leur fournis des ha-
» billemens convenables, & les menai
» dans la ſalle deſtinée à la farce, la-
» quelle étoit fort avancée dans le lo-
» gis. Il y en avoit un entre ces trois
» qui étoit plus haut que moi de toute
» la tête; vous pouvez juger de quelle
» grandeur il pouvoit être, puiſque je
» ne ſuis pas des plus petits, au reſte
» qui étoit bien proportiónné de
» membres & fort comme un Samſon:
» Celui-ci devoit être habillez en Ca-
» pucin, & étendu ſur un drap noir
» de même qu'un trépaſſé, & les deux
» autres vêtus de noir, tout ainſi que
» des Confreres pénitens, le viſage
» tout couvert excepté les yeux, leſ-
» quels gardoient le trépaſſé, aſſis cha-

» cun dans un fauteüil. Il y avoit aux
» quatre coins de la falle quatre petites
» lampes penduës au plancher, qui
» rendoient une lumiere beaucoup
» plus affreufe que les ténébres.

» Ayant difpofé ce myftere, com-
» me je vais le conter, je dis au tré-
» paffé & à fes gardes, que j'allois leur
» envoyer le Perfonnage duquel je leur
» avois parlé, & que dès qu'il entre-
» roit ils ne manquaffent pas de lui de-
» mander s'il ne s'appelloit pas Dom
» Diego, & qu'ayant dit oüi, les
» deux gardes devoient fortir & l'en-
» fermer tout feul avec le mort, qui
» feindroit de reprefenter un homme
» que ce Chevalier avoit tué par fu-
» percherie, qu'il lui demanderoit rai-
» fon de cet outrage & lutteroit con-
» tre lui. Enfin, je les avertis, que
» s'ils trouvoient de quoi ajoûter à
» l'invention ils le pouvoient faire li-
» brement, étant très-affuré qu'ils ne
» manqueroient pas de l'exécuter avec
» adreffe, & qu'à tout hafard il faloit
» tâcher de l'étourdir & de le trou-
» bler, afin d'avoir le tems de s'enfuir
» & de le laiffer-là ; mais par malheur
» tout cet apprêt n'a eu aucun effet,

» parce qu'allant trouver Dom Diego,
» à deſſein de le picquer de hardieſſe
» & du deſir d'aller à mon logis, que
» je lui avois dit être abandonné à
» cauſe des eſprits qui y revenoient,
» je me trouvai arrêté par quatre Ar-
» chers qui me menerent devant le
» Prevôt de la Cour, afin de déclarer
» ce que j'avois d'un certain crime,
» pour lequel un de mes amis étoit en
» peine. Je me voulus excuſer par les
» plus fortes raiſons dont je pûs m'a-
» viſer, afin de faire voir qu'il étoit
» impoſſible de rendre aucun témoi-
» gnage de ce que l'on me demandoit,
» n'en ſçachant rien du tout; mais le
» Juge ſoûtenant fortement le con-
» traire, plein d'une juſte indignation,
» m'envoya en priſon; défendant ex-
» preſſément que l'on ne me laiſſât
» parler à perſonne, de crainte que je
» ne donnaſſe des avis à la perſonne
» accuſée, tant qu'un Prince mon
» bienfaiteur étant informé de ma
» diſgrace, & uſant de ſon pouvoir,
» vient de me faire mettre en liberté :
» Vous êtes le ſeul que j'ai vû depuis
» que je ſuis élargi; & je m'en vais
» ſortant d'ici chercher ces jeunes gens,

» acteurs de la piece préparée pour le
» Chevalier, afin de sçavoir jusques à
» quelle heure ils peuvent l'avoir atten-
» du , & je ne doute nullement qu'ils
» ne soient fâché contre moi , de ce
» que je leur ai fait passer toute la nuit
» dans cette momerie, & qu'ils se
» persuaderont que la moquerie avoit
» été disposée pour eux plûtôt que
» pour un autre. »

A mesure que Dom Antonio faisoit ce discours, Dom Diego recon-
noissoit d'autant plus l'origine de la
mauvaise avanture qui lui étoit arrivée , tant par son impertinente curiosité , que pour l'équivoque des noms,
& admirant la rareté de cette rencontre , il ne pût s'empêcher de découvrir à Dom Antonio ce qui lui étoit
arrivé avec autant de naïveté & de
raillerie , que s'il eût parlé d'un autre
que de lui-même. Dom Antonio faisoit des signes de croix , & des actions
qui marquoient assez son étonnement, ne pouvant ajoûter foi à ce qu'il
entendoit ; jusques à ce que Dom
Diego le lui ayant juré, & pris Amanzor pour témoin, il demeura quelques

momens fans parler, mécontent de ce
que le fort étoit tombé fur une perfonne qu'il honoroit comme un de fes
meilleurs amis; Lucifuge lui repartit:
» Qu'il ne lui en vouloit aucun mal,
» & qu'il étoit perfuadé que le piege
» n'avoit pas été tendu pour lui. »
De forte qu'Antonio voulant s'affurer de la franchife de Dom Diego, le
pria d'aller fouper chez lui, ce qu'il lui
accorda de bon cœur ; & comme ils
entroient chez lui, ils apprirent que
celui qui avoit contrefait le mort, s'é-
toit caché dans la maifon d'un Ambaffadeur, s'imaginant que celui contre qui il avoit lutté, avoit perdu la
vie de frayeur, ce qui les obligea de
lui envoyer dire auffi-tôt, qu'il pouvoit fortir librement, & que s'il étoit
d'intention de bien rire, qu'il n'avoit
qu'à venir fouper avec eux, & que
l'on lui feroit part d'une plaifante Hiftoire ; il ne manqua pas de fuivre le
Meffager, & enfuite après le fouper
ils raifonnerent enfemble de tout ce
qui étoit arrivé. Dom Diego Lucifuge fe retira de fort bonne heure au
grand contentement d'Amanzor, qui
attribuoit

attribuoit ce changement à ses bons conseils, & à la constante résolution que notre Avanturier avoit formée de vivre autrement que du passé.

K

CINQUIE'ME
AVANTURE.

LES solemnitez publiques du Carnaval étant passées, le Carême fit son entrée ordinaire avec un visage extrêmement odieux à ceux qui s'étoient plongez dans les plus grandes débauches. Dom Diego ne le trouva néanmoins point désagréable, d'autant que les mortifications qu'il avoit endurées, pendant que les autres étoient dans les Festins, joint aux résolutions nouvellement prises de réformer sa vie, l'avoient tout-à-fait disposé à faire une humble & civile réception au Mercredi des Cendres.

A manzor qui ne l'abandonnoit pas un moment, emploioit toute sa science & toute son expérience, pour moderer les feux violens de la jeunesse, & pour bannir de sa maison tous ceux

qu'il s'imaginoit capables de lui ravir
le fruit de ses peines. En effet, peu de
tems après l'on remarqua un si grand
changement dans les mœurs de Dom
Diego, que ses meilleurs amis eurent
tout sujet d'en rendre des actions de
graces au Ciel, comme à l'Auteur de
cette métamorphose. Il ne fit tout le
long du Carême que des œuvres de
pieté, se trouvant aux prédications,
aux hôpitaux, & aux prisons, où il
faisoit de grandes charitez. Il visitoit
en secret les pauvres familles, que la
honte de la nécessité retenoit dans un
silence qui leur causoit de rudes peines : Enfin il vivoit de telle maniere,
qu'un chacun ne pouvoit s'exempter
d'admirer en sa personne les vertus
d'un parfait Chrétien, de même que
celles d'un généreux Cavalier.

Mais la persévérance dans les bonnes actions, étant une vertu rarement
mise en pratique parmi les Courti-
sans ; Pâques ne fût point si-tôt venu,
& le Printems n'eût pas plûtôt commencé à reveiller les compagnies & les
anciennes habitudes, qu'il fût visité
de ses plus familieres connoissances,
au grand déplaisir d'Amanzor, qui

voïoit peu à peu prendre l'effort à un
oiſeau qu'il avoit mis en mûë. Un
jour ils le menoient promener, &
l'autre ils le convioient à une collation
ou à un ſouper; quoiqu'il ſe retirât de
fort bonne heure chez lui, & qu'il
uſât du jour & de la nuit à la maniere
des honnêtes gens; mais enfin il ſe remit inſenſiblement dans ſon premier
train à force de frequenter ſes camarades. Ses promenades anticipans toûjours petit à petit ſur la nuit, tant
qu'elles paſſerent les bornes d'une retenuë civile, & il s'abandonna ſi fortement à ſes libertez & à l'amour qu'il
portoit aux ténébres, que l'Aurore le
trouvant quelquefois découvert, le
traitoit comme les plantes & les fleurs,
c'eſt-à-dire qu'elle verſoit en abondance ſur lui des roſées un peu trop hu-
mides pour ſa ſanté.

Après avoir donc impérieuſement
conjuré l'eſprit d'Amanzor, qui vouloit rompre le cours de ſes extrava-
gantes inclinations; il renonça entiérement au noviciat de ſon obéïſſance,
& rentra de plus belle dans ſes premiéres fantaiſies, & prenant ſon eſ-
corte ordinaire, qui étoit une épée &

une rondache, il fortit fur les neuf à
dix heures du foir, & s'en fut au féjour des fabuleufes cajoleries, c'eft-à-
dire, dans le lieu où les pipeurs au jeu
d'Amour, les Dames & les Courti-
fans de Madrid ont établi leur Acadé-
mie, ou bien leur Cour, & que le vulgaire appelle la Prairie ; mais que l'on
pourroit nommer avec plus de juftice,
la Place marchande, où fe tient la
foire des négoces de Venus ; & il eft
très-conftant, que s'il fe pouvoit trouver dans ce fiécle un Philofophe qui
entendît le murmure des fontaines,
comme il y en eût autrefois un qui
comprenoit celui des oifeaux, il ap-
prendroit, par le gazoüillement des
eaux, une infinité d'hiftoires fecretes
pour lui fervir de matiére à compofer des volumes fans nombre de curieux Romans.

Dom Diego s'étant avancé dans cette promenade environ deux cens pas,
s'arrêta tout court pour voir paffer un
Caroffe qui y arrivoit, & qui alloit
auffi lentement que s'il eût mené une
Impératrice, & s'en étant approché,
il apperçût à une des portiéres un jeune homme qui chantoit avec une voix

qui ne pouvoit faire ouvrir le Paradis
à celui qui la pouffoit, d'autant qu'elle étoit fort inégale , & qu'il fuffit
de dire pour faire connoître fon défaut , que c'étoit véritablement un
fauffet; il eft vrai qu'en récompenfe
elle étoit accompagnée d'une guittare
difcorde , & qu'il touchoit fort grof-
fiérement. Ce Caroffe s'étant arrêté
devant un cercle de Cavaliers & de
Dames , qui étoient affis auprès d'une
de ces fontaines , cet Orphée fauvage,
plus propre à mener les ames ax En-
fers qu'à les en retirer , fe mit effron-
tément à chanter ; mais à peine avoit-
il commencé , qu'il fut remercié de
fon ennuyeufe mufique , ce qui le
contraignit de faire le tacet , & de fe
retirer en diligence. Cet impertinent
chantre étoit le Page d'un malheureux
Monfieur qui préfidoit dans ce Caroffe , quoique j'ai tort de l'appeller
malheureux , puifqu'il fouffroit ce
martyre dans fa maifon & à fes dépens ; & que s'il s'en fervoit par mortification , il pouvoit paffer pour bien-
heureux.

La compagnie qui s'étoit fi heureufement défaite de cet ennemi du

fens de l'ouïe, étoit encore empêchée
à railler fur ce ridicule, fujet, lorfqu'elle en fut interrompuë par les ac-
cens d'une voix toute angélique, qui
fembloit fortir de la bouche d'une
femme, & laquelle adouciffoit l'ai-
greur que le Page avoit laiffée. Ils fe
leverent donc tous pour approcher du
Caroffe où elle étoit, & l'ayant ap-
perçûë ils lui entendirent chanter les
paroles fuivantes.

Ce n'eft pas feulement l'amoureufe douleur

Qui a gâté mon teint, & terni ma couleur,

    La trifte jaloufie,

    A mon ame faifie.

Mes defirs aveuglez me donnent cet affaut

Pour avoir, comme Icare, afpiré un peu haut,

    Ma raifon infenfée,

    Surmontant ma penfée.

Dieux! quels foulagemens puis-je donc rece-

    voir,

Si même mon efprit ne fçaurois concevoir

    La beauté fans exemple,

    Dont mon cœur eft le temple.

Quoique ſes fiers dédains m'ôtent le ſentiment,

Son œil peut ſe vanter d'avoir très-juſtement

Raméné ma conſtance,

Dans ſon indifférence.

J'ai deſſein de languir dans cette paſſion,

Ce doux tourment faiſant ma ſeule ambition,

Quoique le Ciel m'envie,

Je veux perdre la vie.

Cette divine harmonie charma ſi fort les ſens de tous les auditeurs, que ceux mêmes de qui l'humeur ſévere & âpre répugnoient auparavant aux douceurs de cet art, en demeurerent comme enchantez. Ce qui fit que le Caroſſe fut en un moment environné de pluſieurs perſonnes, entre leſquels il ſe trouva un Galant qui en approcha de près, & qui s'appuya hardiment ſur la portiére où étoit cette charmante Sirene. Tout le monde s'imagina d'abord, en voyant cette action, que cet homme devoit avoir quelque permiſſion particuliere pour en uſer ainſi, d'autant que cette Demoiſelle, non plus que ſa mere qui étoit auprès d'elle, ne ſe formali-
ſoient

soient aucunement de cette familia-
rité : peut-être aussi que cette mere,
auparavant grondeuse, comme sont
ordinairement la plûpart des vieilles,
avoit été graissée aussi-bien que les
rouës de son Carosse, afin de faire
moins de bruit.

Il s'y trouva encore plusieurs autres
jeunes gens de peu d'expérience, lesquels eussent bien pris la même fami-
liarité, si leur grande jeunesse ne les
eût rendu timides ; dans le tems qu'ils
alloient & venoient tout autour de ce
Carosse, il arriva un certain Gentilhomme échauffé, beaucoup moins
scrupuleux que ceux-ci, qui étant
amoureux de cette jeune Dame, l'a-
voit suivi depuis son logis jusqu'à la
Prairie, & s'étant approché de plus
près, il s'apperçut qu'elle parloit à
ce Cavalier, qui paroissoit en faire
vanité devant tous ceux qui l'envi-
ronnoient, ce qui déconcerta si fort
ce nouveau venu, que regardant autour de lui, il rencontra des yeux Dom
Lucifuge, qui étoit un de ses anciens
amis ; l'ayant salué, il le tira à part,
en lui déclarant l'envie & la jalousie
qu'il avoit conçûë contre cet hom-

L

me, de même que la fantaisie qu'il
avoit de le quereller, ses manieres lui
étant tout-à-fait désagréables ; mais
Dom Diego, plus capable de donner
conseil que d'en recevoir, appaisa l'é-
motion de cet esprit bouillant, lequel
cédant à ses raisons, demeura un peu
de tems dans la modestie.

Sur ces entrefaites, notre Avanturier ayant vû passer trois Gentils-hom-
mes qui marchoient d'un pas fort délibéré, comme querellant ensemble,
entre lesquels croyant avoir oüi parler
un de ses amis, il voulut s'éclaircir de
la chose, afin de le servir s'il en avoit
besoin ; de sorte que donnant sa guittare à garder à celui qui l'avoit à côté,
il les suivit : celui-ci qui étoit atten-
tif à considérer l'action de son rival,
ne prit pas garde à celle de Dom Diego, & le laissa aller sans lui faire offre
de l'accompagner.

La Demoiselle qui avoit ravie ses
auditeurs par les charmes de sa voix,
fut priée de tous ceux qui étoient auprès d'elle, de vouloir encore chanter
une chanson, & voulant témoigner
son honnêteté & sa complaisance pour
la compagnie, elle prit sa guittare,

où par malheur il se trouva deux cordes rompuës, ce qui l'obligea de faire ses excuses, & de déclarer qu'elle étoit au désespoir de ne pouvoir contenter leur envie ; alors l'ami de Dom Diego se trouvant avec sa guittare à la main fort bien ajustée, s'approcha du Carosse, & la présenta à cette Demoiselle, ce que voyant, celui qui étoit appuyé sur la portiére, il se leve, & sans regarder l'autre, il repousse avec dédain le bras, de même que la guittare. L'ami de notre Avanturier, qui ne cherchoit que l'occasion, & qui étoit d'une matiere préparée, & facile à prendre feu, trouva beaucoup d'insolence dans cette maniere d'agir, voulant s'en faire raison, il se servit aussi-tôt du bras & de l'instrument qui avoient été repoussez, & en donna deux coups furieux sur les oreilles du Favori, qui étoit tête nud, ce qui cassa la guittare en mille piéces, & lui fit rendre un son bien moins doux, que celui qu'elle faisoit quand Dom Diego la touchoit, & mettant en même-tems l'épée à la main, de même que tous les autres qui se trouverent-là, jusqu'à des Ar-

L ij

chers, qui se rencontrent ordinairement à ces heures dans la Prairie, pour
les querelles qui y arrivent fort souvent, & où il se perd quelquefois de
très-braves hommes ; l'agresseur se
voyant seul parmi tant de gens inconnus, se servant favorablement de l'obscurité, se mêla dans la presse, de
peur d'être reconnu, & s'évada sans
dire mot.

Le Carosse qui avoit été l'origine
de ce bruit, fit en qualité de Musi-
cien, une fuite si prompte, par le
moyen des quatre chevaux, dont il
étoit attelé, que quand les Officiers
de la Justice voulurent s'en saisir, afin
de le prendre pour répondant de leurs
frais, ils ne pûrent sçavoir ce qu'il
étoit devenu. Chacun s'écartoit, &
se sauvoit çà & là, lorsque Dom Diego revint de la poursuite des trois Gentilshommes, parmi lesquels il s'imaginoit avoir un de ses amis. Il ne faut
pas douter qu'il ne fut bien étonné de
voir une émotion si subite, sans sçavoir qui en étoit l'auteur, & cherchant
par-tout le gardien de son instrument,
il craignit, avec raison, que sa guittare n'eût point été traitée selon ses

mérites, d'autant que c'étoit une des
meilleures & des plus curieuses piéces
de son tems. Pendant qu'il en plaignoit
l'absence, elle étoit tout par morceaux
entre les mains du Juge Supérieur des
actions criminelles, qui commençoit
à interroger cet harmonieux blessé,
de même que celui qui en avoit eu sur
les oreilles, qui ne pouvoit nommer
celui qui l'avoit frappé, d'autant
qu'il ne le connoissoit pas, l'obscurité
ayant été cause de la confusion où se
trouverent les Archers, ils prirent les
premiers qu'ils rencontrerent, sans
mettre de différence entre les innocens
& les coupables.

Ayant fait visiter le blessé par les
Chirurgiens, ils rapporterent que la
blessure étoit très-dangereuse, &
qu'elle méritoit d'être pansée avec
beaucoup de soin & d'expérience :
ces sortes de gens faisans toûjours le
mal plus grand qu'il ne l'est en effet,
afin qu'en faisant valoir davantage
leur cure, ils en soient plus large-
ment payez. Dom Diego ayant passé
sans apprendre aucunes nouvelles de
son cher instrument, & souhaitant
que l'on lui en fit restitution, s'en

fut chercher celui à qui il l'avoit donné en garde ; mais on lui fit fçavoir
qu'il s'étoit abfenté , & que l'on ne
fçavoit pas quand il reviendroit. Ce
qui étoit un énigme qui lui étoit impoffible de pouvoir deviner , ignorant la caufe de fon départ.

La perte de cette rare guittare fut
caufe qu'il paffa quelques nuits fans
faire fes promenades accoûtumées , ce
qui donnoit fujet à Amanzor de vivre
dans l'efpérance , & en examinant toutes fes actions , il effayoit de découvrir quelques indices d'un parfait
amandement ; mais il n'en pouvoit ap-
puyer de plus folide jugement , d'autant que fi par un coup extraordinaire il avoit vêcu trois jours dans
l'ordre commun , il paffoit enfuite
trois femaines dans le déréglement de
fes vieilles habitudes.

Pour ce qui eft du Cavalier bleffé ,
il alloit tous les jours en empirant ,
fa playe s'irritant par les remedes ,
bien-loin de s'adoucir , la fiévre ne le
quittoit point ; enfin les Médecins &
les Chirurgiens n'en auguroient rien de
bon. Le Juge cependant faifoit toutes
fes diligences pour découvrir l'auteur

du fait, & se désespéroit de n'en pouvoir venir à bout ; la raison étoit que le
blessé appartenant à un Ministre d'E-
tat, il desiroit de lui donner des marques du respect, & du service qu'il
vouloit rendre à sa personne, & à son
autorité.

Comme chacun travailloit à faire
des perquisitions pour la découverte
du criminel, un certain Greffier, aussi
malicieux qu'un vieux singe, exerçant
quelquefois ses yeux de chat, en visi-
tant les reliques de la guittare déposée
entre ses mains, cherchoit s'il ne trouveroit point le nom du maître écrit
dessus, y ayant quantité de gens qui
s'amusent à ces sortes de niaiseries ;
mais sa recherche fut tout-à-fait vaine
de ce côté-là ; neanmoins ayant employé toute sa patience à rassembler
les piéces l'une avec l'autre, il tira
quelque fruit de son travail, puisqu'il
y trouva le nom de l'ouvrier qui l'a-
voit faite, & pensant avoir trouvé la
pierre philosophale, il s'en alla aussi-
tôt chez ce faiseur d'instrumens, &
lui montrant les débris de la guittare,
il la lui fit reconnoître, apprenant
qu'elle appartenoit à Dom Diego Lu-

L iiij

cifuge , ce qui fut confirmé par un
garçon du métier & un apprentif qui
travailloit dans cette même boutique ;
& ne voulant pas se contenter de cette
simple déclaration , il les envoya querir par des Archers, & les fit mener
tous trois devant le Magistrat , où ils
confirmerent de nouveau par serment
& par écrit la déclaration qu'ils en
avoient déja faite ; le Juge leur faisant
de plus une défense expresse , sous
peine de punition corporelle , d'en
donner aucun avertissement à notre
Avanturier.

La Justice se persuada pour lors d'a-
voir trouvé des preuves suffisantes
pour convaincre les coupables , & les
appliquer à la question en cas que le
malade mourut de ses blessures. L'on
fait donc chercher sous main où étoit
Dom Lucifuge , afin de le surprendre
au plus tard la nuit suivante ; mais le
compagnon qui avoit travaillé à la
guittare , se mocquant des protestations qu'il avoit faites devant le Juge ,
fut avertir Diego de ce qui se machi-
noit contre lui , & du méchant état
où étoit son instrument infortuné , &
lui conta toutes les particularitez de sa

mauvaife avanture , comment elle
avoit été brifée fur la tête d'un Gentilhomme dans la Prairie de Madrid ;
deforte que par cette ample relation ,
autant que par l'abfence de fon ami ,
auquel il avoit confié cette guittare, il
pût facilement deviner ce qui étoit du
refte. Il conçût une affliction fi fen-
fible du naufrage qu'avoit fait le vaif-
feau de fa guittare contre le rocher de
la tête du malheureux bleffé; mais il eût
encore beaucoup plus de chagrin de l'é-
loignement de fon ami , étant bien
perfuadé qu'il le perdoit pour jamais ,
fi le malade venoit à mourir , & faifant
une réflexion particuliere fur l'avis que
l'on venoit de lui donner , il déteftoit
de tout fon cœur contre le Greffier ,
auteur principal de fon inquiétude ;
de forte que s'adreffant à ce Grimpimini de membre de Juftice , de même
que s'il eût été devant lui , il difoit :
« Comment traître & infame fauffaire
» que tu es, ofes-tu confpirer contre
» ma réputation ! As-tu affez d'effron-
» terie pour attaquer mon honneur ,
» & pour m'obliger à aller rendre
» compte de mes actions devant un
» Juge ; quoi , grand Dieu ! faut-il que

» je me trouve foumis aux cenfures
» d'un chicaneur, tel que toi ! Qui
» fçait donner la forme aux actions & les
» augmenter felon ton caprice & ta paf-
» fion : il me femble que cette affaire
» eft d'une affez grande conféquence,
» pour en devoir confulter avec quel-
» que perfonne d'expérience , pour
» chercher avec lui des moyens les plus
» propres à éviter le fcandale que l'on
» me prépare ; mais à qui , difoit-il ,
» puis-je mieux & plus promptement
» m'adreffer, qu'à mon fidel Aman-
» zor !

Il parloit ainfi tout feul, lorfqu'A-
manzor entra dans fa chambre , à qui
il ne manqua pas de faire part de l'al-
larme où étoit fon efprit, fi bien qu'A-
manzor ne voulant point perdre de
tems, affembla autant de crocheteurs
qu'il pût trouver , & fit tranfporter en
peu de tems tous fes meilleurs meu-
bles dans la maifon d'un Ambaffadeur
qui logeoit près de chez lui. Le Secretaire de l'Ambaffadeur étoit ami intime d'Amanzor, lequel il avoit pra-
tiqué par le moyen des études & des
livres curieux, c'eft pourquoi il ne balança point à faire mettre toutes fes

hardes en ce lieu de sûreté, & fit en même - tems préparer une chambre pour Dom Diego, qui se mit à couvert par ce service des premiers foudres de la Justice ; car quoiqu'il fut innocent, il eût infailliblement pâti pour le coupable, puisqu'il n'auroit jamais voulu le charger, en se déchargeant lui-même des forts indices qu'il y avoit contre lui.

Les choses étant ainsi disposées, Dom Lucifuge accompagné d'Amanzor, s'en alla chez l'Ambassadeur, où il fut très-civilement reçû de son Secretaire, lequel ayant fait à son Maître un récit de l'affaire de notre Avanturier, l'engagea en quelque façon d'employer son crédit en sa faveur. Peu de jours après les Chirurgiens ayant reconnu un grand amandement aux playes du blessé, on le manda aussi-tôt au Cavalier absent qui en étoit l'auteur, de même que de la peur où il avoit mis son ami sans y penser. Enfin le malade étant tout-à-fait revenu en convalescence, l'absent revint secretement à Madrid, où par l'entremise de quantité de personnes des plus distinguées, tant du premier que du

second rang, l'on proposa des condi-
tions d'accommodement, sur lesquelles l'on disputa assez long-tems; mais
la Demoiselle enchanteresse, dont la
voix avoit causé le mal, étant inter-
venuë dans ces propositions, termina
tous les différends, en donnant parole
à l'ami de notre Avanturier, de con-
gédier peu à peu son rival, & de le
priver entierement de l'accès qu'il
avoit auprès d'elle; de maniere que le
battu paya l'amende, étant moins re-
doutable que l'assaillant, s'il est vrai
neanmoins que cette Dame effectuât
la promesse qu'elle avoit faite.

Notre Avanturier Nocturne, voïant
son ami pleinement satisfait, voulut
aussi l'être du Greffier, par un affront
qu'il méditoit contre lui, étant extrêmement porté à la vengeance & la rendant toûjours publique, autant qu'il
le pouvoit, afin qu'elle lui fut plus
avantageuse. Voulant donc faire réüs-
sir son dessein, il pratiqua par le moyen
de quantité de collations, certains dé-
terminez qui fréquentoient chez
l'Ambassadeur, d'où Dom Diego ne
vouloit point sortir qu'il n'eût attrap-
pé le Greffier qui lui tenoit au cœur,

& jugeant qu'il étoit tems de fixer le jour pour l'exécution de ce qu'il avoit entrepris, il assembla ses Acteurs qui étoient au nombre de sept, & leur fit préparer un souper, où il ne fut rien épargné pour leur faire bonne chere, & où ils bûrent autant qu'il leur plût à la santé de leurs amis; & comme cette action est digne de mémoire, je ne puis m'empêcher de vous en dire quelques particularitez.

Le premier verre fut à la santé du Secretaire de M. l'Ambassadeur qui leur favorisoit l'azile de cette maison, contre les poursuites des Archers & des Sergens. Le second s'adressa au magnifique & généreux Dom Diego, lequel les défrayant si souvent, leur donnoit lieu de souhaiter l'augmentation de son bien, afin de l'employer en de si honnêtes dépenses. La troisiéme santé qu'on bût fut aux Procureurs & aux Avocats, parce qu'entre cette fourmiliere d'Officiers, qui se mêlent des affaires criminelles, il s'en trouve toûjours qui défendent les coupables, pourvû qu'ils ayent de quoi payer les menteries & les absurditez qu'ils inventent, dans le dessein

d'anéantir la vérité & de faire valoir le
menfonge. La quatriéme fut à l'honneur & à la profpérité des Médecins,
comme gens de leur même vacation,
puifqu'ils font le métier de tuer, quoi
qu'avec moins de rifque de leurs perfonnes ; d'autant qu'ils ne les hazar-
dent pas, & que toutes les fois qu'ils
ont formez la réfolution de tuer quelqu'un, ils ne manquent jamais leur
coup. La cinquiéme fut adreffée aux
Frippiers, qui déguifent fi promptement & fi facilement les manteaux &
les chapeaux qu'ils dérobent la nuit.
La fixiéme fut pour les Cabaretiers
qui les reçoivent, qui les logent chez
eux & qui leur donnent un puiffant
fecours dans leurs tours de foupleffe :
Enfin ils en bûrent à tant de fortes de
gens, qu'il m'eft impoffible de vous en
faire tout le détail ; & pour conclufion
du projet de Dom Diego, il fut réfolu
que la nuit fuivante, ils iroient tourmenter le malheureux Greffier, qui
ne penfoit à rien moins qu'à cela :
voici comment, & de la maniere qu'ils
s'y prirent.

Quatre des plus hardis de cette ef-
piegle bande, s'habillerent comme on

peint ordinairement les Diables, &
pafferent aux environs de minuit pardeffus les murailles du miférable con-
damné, qui étoient dans une petite
ruë, & entrerent chez le Greffier :
un mâtin qui les avoit oüi & fenti,
fe mit à abboyer, de forte qu'il éveilla le Greffier, qui fit lever fon Clerc
afin de voir d'où pouvoit provenir le
bruit que fon chien faifoit, lequel fortant de fa chambre, rencontra fur le
degré ces quatre effroyables figures,
qui avoient chacune à la main un flam-
beau allumé compofé de poix & de
terrebentine, & qui rempliffoient
toute la maifon d'une très-épaiffe &
puante fumée. A cet afpect ce garçon
fe trouva fi faifi de frayeur, que bien-
loin d'aller rendre réponfe à fon Maître, il perdit la parole, & tomba évanoüi. Les Diables profitant de l'occafion, fe jetterent promptement dans
la porte qu'il avoit laiffé ouverte, &
s'en allerent droit au lit du chicaneur
& de fa femme, lefquels étant encore
tout étourdis de leur premier fommeil, crûrent effectivement qu'ils
étoient la verité de ce qu'ils repréfen-
toient, de maniere que remplis d'é-

pouvante & de peur, ils demeurerent
aussi froids & aussi muets que des tré-
passez. Les faux Diables prirent aussi-
tôt le damné Greffier, les uns par les
bras, & les autres par les jambes, &
le tirerent ainsi tout pâmé qu'il étoit,
sur le plancher, & lui firent revenir
les sens à grands coups de foüets de
cordes avec de petits nœuds, qui furent si précipitamment donnez, & si
vigoureusement sanglez, que devant
que la parole lui fut revenuë, il étoit
à moitié écorché. Le premier mot
qu'il prononça, fut le Nom de JESUS,
& dans ce moment les Diables le quitterent & s'enfuïrent, faisant un charivari diabolique en passant par les portes, afin de le confirmer d'autant plus
dans l'opinion qu'il avoit d'eux, si
bien que l'orage étant passé, il ne pût
s'imaginer que ce fut d'autres gens
que des Demons, voïant qu'ils étoient
disparus par la vertu du Nom de JESUS,
demeurant étendu sur la place à demi-
mort, tant de la cruelle flagellation,
que de l'effroi qu'il avoit eu ; pour ce
qui est de sa femme, elle trembloit de
toutes ses forces, & étant toute trem-
pée d'une sueur froide, elle s'étoit en-
foncée

dans le lit, la couverture & les draps par-deſſus la tête ſans oſer ſe remuer. Enfin notre infortuné Greffier fut obligé de paſſer la nuit dans l'état où les Diables l'avoient laiſſé. Le jour qui bannit toutes les frayeurs étant venu, le pauvre corps de l'ami des chats étant trouvé ſur la place, accompagné d'une groſſe fiévre, & d'un autre côté ſa femme qui n'étoit pas moins malade que ſon époux, ſervirent tous deux aſſez long-tems d'occupation aux plus fameux Médecins, entre les mains deſquels ils allerent preſque juſqu'à l'entrée du tombeau.

Le bruit de cet évenement ne manqua pas de courir parmi la Ville, & même de la bouche du malheureux Greffier, qui l'avoit raconté à quantité de gens, ce qui faiſoit que chacun en raiſonnoit ſelon ſon ſentiment : les uns diſans qu'il falloit aſſûrément que cet homme eût commis de grands crimes que les hommes ignoroient, puiſque le Ciel le faiſoit châtier par les boureaux de l'Enfer : pour Dom Diego, qui entendoit aſſez le bruit que l'on faiſoit de cette Avanture parmi la Ville, ſçachant de plus ce que

M

les Diables lui avoient rapporté de leur exécution, il jugea qu'il étoit pleinement vangé des sotises de ce Grimpimini, & tout ce qui faisoit pitié à notre Coureur de Nuit, étoit la pauvre femme de ce Greffier ; mais il s'en consolôit d'abord, quand il venoit à penser qu'un bon mari & une bonne femme font ordinairement si fort unis, qu'il est impossible que l'un ne participe au bien & au mal que l'on fait à l'autre. Dom Diego Lucifuge demeura ensuite quelque tems enfermé chez lui, vivant dans une honnête modestie, quoique cette humeur lui dura fort peu de tems ; car à peine y avoit-il deux fois vingt-quatre heures que le mal lui tenoit, qu'il recommença de plus belle ses promenades Nocturnes.

SIXIE'ME
AVANTURE.

Es fouriers, & les avant-
coureurs du sommeil, que
l'on appelle ordinairement
baillemens, avoient déja
sommé le Soleil de se retirer dans le lit
qui est réservé, avec raison, pour lui
seul ; d'autant que comme il est d'une
qualité si chaude & si seche, il n'y à
que lui qui puisse coucher dans un lit
aussi froid & aussi humide que l'est celui des eaux. Lorsque notre chercheur
d'avantures, Dom Diego Lucifuge,
très-mauvais Disciple de ses expériences, résolut dès la seconde nuit de
chercher de nouveaux périls, ou plûtôt de les prévenir, puisqu'il s'en pré-
sentoit assez souvent ; il faut avoüer
que cette nuit-là étoit assûrément ou
borgne, ou aveugle, n'y ayant point
d'étoile au Ciel qui ne fut cachée de

quelque épais nuage. Mais avant que
de commencer cette Avanture, faisons une petite disgreffion.

Il y avoit pour lors à Seville un
homme d'affez bonne mine, qui s'entretenoit toûjours extrêmement bien,
& qui paffoit pour un illuftre Cavalier, que l'on pouvoit neanmoins com-
parer à un Aigle, puifqu'il fe fervoit
pendant le jour de fes yeux, & la nuit
de fes ongles, regardant le Soleil en
plein midi, & dérobant à la faveur de
la Lune. Dans le commencement de
fon regne, il s'étoit fait appeller Dom
Diego; mais la fuite du tems ayant
fait découvrir le mêtier qu'il faifoit,
on le nomma Nocturne, de forte qu'il
parût en même-tems au monde deux
hommes d'un même nom; car il eft
néceffaire de remarquer que nous appellons notre Avanturier tantôt Nocturne, & d'autrefois Lucifuge, ces
deux mots ayant une même fignifica-
tion, quoique caufez par des effets
différens, les uns plus blâmables que
les autres.

Il fembloit que la fatalité de notre
Dom Diego, le dût toûjours mettre
en peine par des équivoques de nom;

mais celle où il s'étoit trouvé parmi
les Lutins déguisez, ne pouvoit passer
que pour une bagatelle, en comparaison du tourment qu'il endura dans la
rencontre que nous allons décrire,
tant il est vrai qu'entre les personnes
qui se picquent de générosité, l'honneur est plus cher que la vie. Dom
Diego de Seville voyant que ses fri-
ponneries étoient découvertes, &
que l'on parloit déja de faire une exacte
information de ses actions, fit courir
le bruit qu'il s'en alloit à Madrid, qui
peut passer pour le Théâtre des pro-
diges, & la Sirene qui attire en même-
tems & les vertueux, & les vicieux ;
mais le jour qu'il disparût de Seville,
loin de prendre le chemin de la Cour
d'Espagne, il tira droit à Grenade, es-
pérant d'y pouvoir joüer de ses tours
en sûreté, & d'y demeurer long-tems
avant que d'être reconnu, d'autant
que cette Ville est fort favorable pour
les étrangers.

Le bruit de son voyage s'étant répandu parmi tous ceux qu'il avoit fréquenté, le fils d'un Joüaillier de Seville en fut averti, qui étant trompé
par la voix publique, forma le dessein

de le fuivre le plus diligemment qu'il
lui feroit poffible, aux dépens de fes
feffes écorchées & de fon eftomach,
qui lui rendit beaucoup plus en cette
rencontre qu'il ne lui avoit donné, par
les fecouffes qu'il fouffrit des murailles de loüage qui font fur cette route.
Le fujet qui l'engageoit à fupporter
ces incommoditez, étoit que Dom
Diego Cacus lui emportoit quantité
de bagues de diamans d'une très-grande
valeur, qu'il avoit achetées à crédit:
auffi-tôt qu'il fut arrivé à Madrid, il
prit foin de faire courir des billets chez
tous les Orfévres, qui contenoient la
forme & la façon des joyaux, avec ordre de les retenir, & pendant ce tems-
là il effaya d'avoir accès dans les affem-
blées, afin de tâcher à rencontrer fon
homme:

La feconde nuit de l'arrivée de ce
Marchand Joüaillier, notre ancien &
vénérable Dom Diego le Nocturne,
ayant très-peu profité de fes difgraces
paffées, fe mit derechef en campagne,
en préfentant un cartel de défi à la fortune: ce qui l'y obligea, étoit l'envie
qu'il avoit de s'entretenir avec une
jeune & belle Bourgeoife, femme

d'un Solliciteur de Procès, laquelle
avoit la réputation de posséder un esprit subtil & agréable, le mouvement
des pieds ainsi que le reste, fort léger
& propre à bien danser, de même que
celui des mains très-prompt, pour accepter & prendre tout ce qui lui étoit
présenté, & par conséquent fort aisée
à suborner. Pour avoir accès auprès
d'elle, notre Avanturier s'étoit servi
d'une industrieuse vieille tout-à-fait
expérimentée dans les ambassades d'a-
mour, & qui feignant de se déclarer
en faveur de la chasteté, ne tendoit à
autre chose qu'à la détruire. Le résul-
tat de la capitulation fut telle ; qu'il seroit permis à Lucifuge d'aller voir la
Bourgeoise entre minuit & une heure,
à condition néanmoins qu'il porteroit
deux bagues de diamans qu'elle lui
avoir vûës aux doigts, que Dom Diego estimoit extrêmement, d'autant
qu'elles venoient de feuë sa mere; mais
se trouve-t-il quelque chose que la sensualité ne renverse, lorsque l'on ne
veut point s'opposer à son insolence ?
De plus qu'il seroit obligé de quitter
ses habits de Cavalier & de prendre
ceux de Valet, afin que si par mal-

heur le mari le rencontroit, foit en entrant ou en fortant, elle pût lui faire
croire que c'étoit un homme qui apportoit des nouvelles de fa mere, qui
étoit abfente ; & pour mieux faire
réüffir le ftratagême, la Bourgeoife lui
fit mettre en main, par cette vieille
faifeufe d'alliances amoureufes, une
Lettre qu'elle avoit reçûë de fa mere
ce jour-là, laquelle étoit recachetée,
pour fervir felon l'occafion qui s'en
préfenteroit : qu'enfin il entreroit par
derriere la maifon, & pafferoit pardeffus une certaine méchante muraille
d'argile, & ouvrant la porte du Jardin
avec le paffe-par-tout qui accompa-
gnoit la Lettre, il entreroit dans une
Salle, où il ne manqueroit pas de trouver la belle, toute prête à faire ce qu'il
defiroit d'elle.

Dom Diego voulant exécuter pon-
ctuellement tous les articles de cette
intriguante convention, fortit de chez
lui environ l'heure de l'affignation,
habillé comme l'on lui avoit ordonné,
avec les bagues, la lettre & le paffe-
par-tout. Comme il arrivoit dans la
ruë de cette Bourgeoife, il paffa contre une maifon, où ayant entendu du
bruit,

bruit; fon humeur curieufe ne lui permit pas d'aller plus avant fans s'être informé de ce que fe pouvoit être. Il entra donc, & apperçût d'abord dans une cour un homme qui écrivoit fur le cul d'un tonneau, lequel étoit éclairé par un autre qui tenoit une lanterne, dans la crainte que le vent n'éteignit la chandelle : ceux-ci étoient entourez de plufieurs autres perfonnes à demi-habillez, les uns fans bas & les fouliers en pantoufles, & les autres en chemife, couverts feulement de leurs manteaux dont ils fe cachoient le nez, & la plûpart avec des épées fous le bras. Notre Avanturier demeura quelque tems derriere eux, écoutant fans être apperçû, il apprit, par ce qu'il entendit, que l'on venoit de voler dans cette maifon, & reconnut que celui qui écrivoit, étoit un Greffier Criminel, & l'autre qui éclairoit, un Archer du Prevôt, qui prenoient les dépofitions des voifins de cette maifon, & dont quelques-uns fe trouvoient intéreffez dans le dommage du vol.

Dom Lucifuge ayant ainfi fatisfait à fon trop de curiofité, voulut fe reti-

N

rer doucement dans le deſſein d'achever ſon voyage ; mais par malheur l'hu-
midité de la nuit, qui lui avoit appa-
remment morfondu le cerveau, lui fit
faire un triple éternuëment, lequel
faiſant retourner ces gens, les obligea
à demander : *Qui va-là* ? Lucifuge ne
voulant point être reconnu, ſe mit à
courir de toute ſa force ſans répondre,
ce qui leur donna ſujet de ſoupçonner,
& de le ſuivre habillement en criant :
au voleur, au voleur. Lui ſe voyant ſui-
vi, & formaliſé d'une ſi infâme injure, tourna le viſage & mettant l'épée
à la main, leur répondit : *vous avez
menti canaille*, & donna en même-tems
un grand coup ſur les oreilles du plus
hardi ; mais quelques efforts qu'il fit
pour ſe débarraſſer de leurs mains, il
ne pût empêcher qu'ils ne ſe ſaiſiſſent
de lui, & le menerent au Greffier qui
étoit reſté dans cette maiſon.

Il étoit dans un tel équipage, que
tout ce qu'il avoit ſur lui ſervit de témoin pour l'accuſer du vol qui avoit
été fait ; ſa mine & ſon habillement
ne convenant point enſemble, faiſoient aiſément juger qu'il y avoit du
déguiſement ; de ſorte que l'ayant

foüillé, l'on trouva dans fes poches une petite boëte, dans laquelle étoient fes bagues & auffi le paffe-par-tout ; ce qui fervit de puiffans indices contre lui ; cela fait, on le mena prifonnier, le Greffier ayant toûjours fait à bon compte le partage du butin & gardé pour lui les diamans, en donnant la clef aux Archers pour nantiffement de leur capture.

Se fentant fi maltraité, il fe déclara, & dit qu'il étoit Gentilhomme, qu'ils fe méprenoient lourdement, & qu'on le fit parler au Prevôt, auquel il feroit affez connoître fon innocence; mais quoiqu'il pût avancer pour fa juftification, c'eft dequoi ils faifoient peu de cas, cela ne les empêchant pas de le mettre au fond d'un cachot comme un voleur de nuit, d'efcaladeur de maifons, & de rebelle à la Juftice. Peu de tems après il fut confronté avec deux véritables larrons qui avoient commis le crime, lefquels lui ayant entendu dire qu'il étoit Gentilhomme, & qu'il avoit affez de bien pour vivre honnêtement, & felon fa qualité, fans prendre le bien d'autrui, réfolurent de le rendre leur complice, fe

N ij

perſuadant que s'il étoit vrai qu'il fut
de la condition dont il ſe vantoit, leur
procès, tireroit infailliblement en
longueur, & que cependant en faiſant
reſtitution, leurs amis feroient leur
poſſible pour leur faire accorder leur
liberté : qu'il pouvoit arriver auſſi
qu'ils ſortiroient au moyen de ſa faveur, & qu'au pis-aller, s'il falloit
qu'ils fuſſent condamnez à quelque
peine, elle ſeroit des plus légere :
Dom Diego, qui tout aucontraire
s'étoit flatté que ces ſcélérats le dé-
chargeroient, & que par conſéquent il
feroit renvoyé libre & abſou du crime
qu'on lui imputoit, fut extrêmement
trompé, lorſqu'il vit que leur déclaration étoit tout-à-fait contraire à ce
qu'il en avoit eſpéré, ce qui lui fit
faire des actions de déſeſpéré & des
exclamations d'un inſenſé. Nous le
laiſſerons un peu mortifié dans cette
inquiétude, afin que cela puiſſe ſervir
à le rendre ſage.

Dès qu'il fut jour, la nouvelle de
cet empriſonnement courut par toute
la Ville ; de ſorte que ſes amis en ayant
été avertis, vinrent auſſi-tôt offrir de
le cautionner corps pour corps, ſoûte-

nant qu'il n'étoit nullement coupable
du crime dont on l'accufoit ; mais il
ne leur fut pas poffible d'avoir la permiffion de le voir , & ils fe trouverent
obligez de s'en retourner avec la honte
& la confufion d'entendre qu'un homme de fa qualité eût été pris le larcin
à la main , avec un habit déguifé &
une fauffe clef.

Ce bruit fut fi généralement répandu, qu'il vint jufqu'aux oreilles du
Marchand de Seville , lequel tranfpor-
té de joye, dans la croyance d'avoir
retrouvé fes joyaux , & que notre
Avanturier ne pouvoit être autre que
le Dom Diego qu'il cherchoit, s'en alla chaudement à la prifon le charger,
& de-là chez le Greffier faire faifir les
bagues qu'il avoit entre fes mains ,
comme lui appartenant. Les nouvelles
intérogations & les dépofitions qui fe
firent en conféquence de cette nouvelle accufation , augmenterent de beaucoup les écritures du procès, dans lequel le mari de la Bourgeoife (origine
de tout défordre) fut employé par le
Joüaillier de Seville, afin de folliciter
fa demande ; en forte que s'inftruifant
du fait , il reconnut le paffe-par-tout

N iij

des ferrures de fon logis , & apprit que
l'accufé avoit été pris dans fa ruë ; ce
qui le fit foupçonner aufli-tôt qu'il
avoit été dans le deffein de le voler
aufli-bien que fes voifins , & fe voyant
particulierement intéreffé dans cette
affaire , il fe déclara partie contre notre
Avanturier, & le pourfuivit avec tant
de diligence , qu'il obtint qu'il feroit
de nouveau interrogé fur les articles &
fur les faits qu'il produifoit contre lui ;
mais Dom Diego , adroit autant que
difcret , répondit fi ingénieufement ,
qu'il ne diffama aucunement l'honneur de celui par qui il étoit provo-
qué à le faire; mais non pas , tant en
fa confidération , que pour l'amour
qu'il avoit pour fa femme.

Le procès étoit en tel état, lorfque
par les bons offices des amis de Dom
Lucifuge , il fut tiré des mains du
Prevôt , comme n'étant point de fon
gibier , & la caufe évoquée pardevant
fon Juge , où le Solliciteur fe déclara
le principal agent de fa perfécution ,
ce qui contraignit Dom Diego , qui fe
voyoit fi vivement preffé , de donner
avis à la Bourgeoife, par le moyen de
fadite ambaffadrice , d'employer tout

son esprit & toute sa réthorique pour
faire cesser les violentes poursuites
de son mari, ou qu'à faute dequoi, il
seroit obligé pour se défendre, de déclarer la verité, & de publier des choses qui ne pouvoient que la rendre infâme aux yeux de tout le monde; mais
cette jeune coquette qui n'avoit l'ame
occupée que de ses plaisirs, & qui son-
geoit bien moins à conserver son honneur qu'à ratrapper les bagues qu'elle
avoit manquées, ne se soucia pas beaucoup de cet avertissement.

Les Juges & les Parties se trouvoient
également confus & embarassez par
les incidens de ce procès, d'autant que
personne d'eux n'en sçavoit le secret,
tant qu'enfin Dom Lucifuge se voïant
de plus en plus opprimé par l'opiniâ-
treté du Solliciteur, résolut de se décharger de ce qu'il lui imposoit; c'est
pourquoi il en fit une ample confidence
à un Gentilhomme de ses amis, qui
fréquentoit familierement chez le Juge, auquel il débroüilla l'énigme; de
sorte que ce Cavalier ayant exactement
considéré toutes les circonstances, il
résolut de déclarer publiquement la
vérité de la chose, dans le dessein de

sauver l'honneur de Dom Diego, &
aux dépens de celui de l'impertinent
Solliciteur. La vieille ayant déposé
en secret ce qu'elle sçavoit de l'affaire,
on produisit la Lettre de la mere de la
Bourgeoise qu'elle avoit envoyée à
Dom Diego. Le Joüaillier de Seville
fut aussi appellé, lequel ayant été confronté avec notre Avanturier, demeura aussi étonné qu'un Fondeur de
cloches, dont le métail est coulé, &
confessa ingénuëment que ce n'étoit
pas celui qu'il cherchoit. Le Juge voulant procéder équitablement dans cette affaire, mit les Parties hors de
cour & de procès; ordonnant que les
bagues seroient renduës à Dom Lucifuge, comme à lui appartenant, la clef
du passe-par-tout remise entre les
mains du Solliciteur pour la même raison, & la Lettre à sa femme, comme
étant un gage de l'affection de sa mere.

Cette juste Sentence étant pronon-
cée, le Marchand & le Solliciteur demeurerent immobiles comme des statuës en se regardant fixement, l'un
avec un pied de nez, & l'autre fort
camus, & se séparerent en rechignant;
le Marchand tout-à-fait mécontent

d'avoir fait tant de chemin, & de frais
mal à propos, & le Solliciteur de se
voir l'instrument de sa honte & de son
opprobre. Pour ce qui est de Dom
Diego, de qui la sensualité étoit re-
froidie par la mortification des reproches que ses amis lui firent, se retira
bagues sauves, & pour lesquelles il
avoit beaucoup plus d'estime que pour
le plaisir du jeu où il alloit pour les
perdre, si le malheur qu'il avoit rencontré ne l'en eût détourné. Nous
pouvons donc finir cette Avanture, en
faisant réflexion sur la vérité du proverbe : *A quelque chose malheur est bon.*

SEPTIE'ME
AVANTURE.

UOIQUE notre incomparable Dom Diego le Nocturne fut forti de prifon, libre & abfou des crimes qui lui étoient impofez, il fe voulut néanmoins condamner lui-même à quelque forte de peine. La honte que fes amis lui avoient caufée, lorfqu'ils lui avoient remis devant les yeux les extravagances de fa vie, lui avoit fi fenfiblement touché le cœur, qu'il réfolut de s'abfenter pour un tems de Madrid, & de faire fon poffible pour fe réformer, plûtôt par complaifance pour ceux qui lui vouloient du bien, que non pas pour fa propre fatisfaction. Il prit le chemin de la Ville d'Efpagne, qui paffe pour être plus remplie de doctrine que pas une de l'Europe, & qui eft fi fertile en fciences, que l'on

ne les enseigne pas seulement de jour
dans les Ecoles, mais encore de nuit
dans les Caves. C'est la ville de Salamanque située sur le Fleuve que les
Espagnols nomment Tormes, & qu'ils
disent être plus fécond que le Nil,
d'autant que ses rivages sont abondans
en fruits, qui servent seulement aux
délices des esprits grossiers.

Ce bannissement volontaire n'étoit
pas tout-à-fait désagréable à Dom
Diego, puisque le principal motif qui
le lui faisoit entreprendre, étoit pour
se faire payer de deux mille ducats qui
lui étoient dûs, comme unique héri-
rier de sa maison, par la libéralité de
ses freres qui s'étoient laissez mourir,
afin de lui laisser du bien ; & il avoit
affaire à des débiteurs si opulens, que
dès qu'ils eurent appris son arrivée,
ils ne manquerent pas de lui porter
cette somme dans les mêmes especes
qu'elle devoit être comptée : néanmoins les merveilles qu'il avoit oüi-dire
de Salamanque, le firent résoudre à
ne pas retourner si vîte, & l'obligerent d'y faire quelque séjour pour
éprouver si la vérité répondoit à la
renommée. Après avoir satisfait sa

curiofité, il en partit doublement riche, puifque fi fon efprit ne fut point
participant des tréfors qu'elle renfer-
me, il en rapporta du moins plufieurs
bons livres, quoique ce fut peut-être
plus par oftentation, que pour en faire
fon profit, à l'imitation de quelques
perfonnes de ce fiécle, qui ayant quantité de bons livres chez eux, font affûrément bien reliez, mais tout-à-fait
mal lûs ; fi bien qu'ils ne leur fervent
tout au plus que de parade, que comme des tableaux & des tapifferies :
gens affez femblables à un certain homme, lequel ne fçachant ni A ni B,
avoit neanmoins fait provifion d'une
quantité d'excellens Livres, defquels
il avoit fait une Bibliotheque magnifique, avec cette infcription au-deffus
en lettres d'or : *Ceux qui fçavent lire,
liront.*

Etant de retour à Madrid, il enfer-
ma fes ducats dans un cabinet d'Alle-
magne, en compagnie de fes bagues &
de fes joyaux, pour les préferver de la
chaleur, & de les tenir à l'ombre jufques à ce qu'il fe rencontrât une occafion digne de leur faire voir le jour.
Les deux premieres nuits d'après fon

arrivée furent dévoüées au silence, &
au repos en s'entretenant à feüilleter
ses livres nouveaux; mais enfin las d'ê-
tre demeuré si long-tems enfermé, &
s'imaginant que c'étoit violer les pri-
vileges & les franchises de son naturel
fantasque, il se résolut d'aller prendre
l'air la nuit suivante, & de sortir de
meilleure heure que les autres fois, tant
pour réparer les deux nuits passées,
que pour avoir plus de loisir de reconnoître les ruës de Madrid.

Il ne pût cependant mettre son dessein en exécution, à cause des visites
de ses amis, lesquels ayant appris son
heureux retour, l'en venoient féliciter.
Celui qui prévint les autres dans cette
civilité, fut un certain Gentilhomme
que l'on appelloit le Chevalier des Miracles, d'autant que sans avoir ni rente
ni revenu, il paroissoit nonobstant à
la Cour en fort bel équipage, étant
toûjours bien suivi & bien couvert;
ce qui donnoit lieu à beaucoup de gens
de croire qu'il devoit avoir quelque
adresse secrete pour piper ou pour gri-
per; quoique ce fut lui faire beaucoup
de tort d'en avoir cette mauvaise opinion, comme nous le dirons dans la

suite de ce difcours. Dom Diego lui
ayant fait le récit de fon voyage , &
voulant lui témoigner qu'il avoit été
fort heureux, lui ouvrit fon cabinet ,
& lui fit voir fon petit tréfor , je veux
dire de fes ducats, & de fes bagues;car
il en étoit fi comblé de joye , qu'il ne
pouvoit s'empêcher de leur faire fouvent quelque vifite. Enfin après avoir
parlé de tout ce qui s'étoit paffé à Madrid en fon abfence , le Chevalier des
Miracles prenant congé de lui, il voulût le retenir à fouper , dequoi il s'ex-
cufa avec les complimens ordinaires.

Celui-ci étant forti , notre Avanturier reçût encore deux ou trois vifites
qui l'arrêterent chez lui jufques après
minuit , non pas fans regret , parce
qu'ils ne parloient que de fadaifes , &
que c'étoit de plus des perfonnes dont
il ne faifoit pas beaucoup de cas ; nous
nous trouvons fouvent dans le monde
obligez de fouffrir de pareilles contraintes : ils s'en allerent enfin,& Dom
Diego fe mit à fouper fort legerement,
de même que s'il eût eu des affaires
extrêmement preffantes , & fortit de
fon logis environ une heure du matin,
ayant l'efprit inquieté de ce qu'il s'é-

toit trop communiqué au Chevalier
des Miracles, & craignant que par lui
ou par une tierce perfonne l'on n'allât
confpirer contre le repos de fes ducats,
& les troubler dans la felicité qu'il y
avoit établie, il rebrouffe chemin vers
fa maifon, dans l'intention de tranfporter fon cabinet d'une chambre baf-
fe à une plus haute, s'imaginant qu'ils
y feroient plus furement : de forte que
paffant proche le cimetiere d'une Eglife qui n'étoit pas éloigné de fon domicile, il entendit une voix plaintive,
entre-coupée de foupirs, qui fem-
bloient fortir du charnier où l'on reti-
roit les offemens des morts, & laquelle
lui fit en même tems dreffer les che-
veux, relever les fourcils, & ouvrir les
oreilles : dans cet étonnement il s'arrêta tout court, & auffi-tôt les gémif-
femens redoublerent, & ayant confi-
deré que c'étoit une des plus héroïque avanture qui fe pût préfenter à
un Cavalier nocturne, & que s'il n'en-
treprenoit d'en voir la fin il fe repro-
cheroit à jamais fon défaut de courage.

Il fe remit en mémoire la rencontre
de la ruë de la Pome, qui n'étoit
qu'une feinte de gens déguifez ; mais

que celle-ci lui arrivant dans un lieu
où étoit la véritable demeure des tré-
paſſez, il n'y avoit point lieu de craindre que ce fut une fourberie : s'étant
donc approché de plus près, il apperçût une petite lumiere qui paſſoit à
travers d'une cloiſon d'ais, ce qui l'o-
bligea à tourner de l'autre côté, où il
apperçût une porte ouverte, d'où ſortoit un peu de clarté, & voulant entrer tout doucement, il marcha ſur la
côte ſeche d'un corps humain, laquelle
rompit ſous ſon pied ; à ce bruit, une
voix virile lui demanda : *Qui va là ?* &
dans le même moment il ſortit de cet
endroit un homme de belle taille, tenant une épée d'une main, & de l'autre une lanterne ſourde, qui empêche
de voir celui qui la porte, A la lueur
de cette épée, Dom Diego ne manqua pas de tirer la ſienne ; mais bien
loin que cet homme qui venoit à lui
fût d'humeur à en découdre, il s'écria
tout d'un coup : *Ah! Seigneur Dom
Diego, mon cher ami :* Notre Avanturier reconnût plûtôt la parole que
l'ombre, à cauſe de celle de ſa lanterne,
& vît que c'étoit le Chevalier des Miracles, qui l'avoit été viſiter le ſoir pré-
cédent.   Dom

Dom Diego plein d'étonnement, & d'admiration, s'informa de ce qu'il faisoit là : « Helas ! Seigneur Dom » Diego, dit-il, vous me voyez bien » embaraffé ; & pour abreger le dif- » cours, je vous dirai qu'il y a près de » deux ans que je fuis marié avec une » jeune Demoifelle de bonne maifon, » fans que perfonne en fache rien, fi- » non deux de mes amis, & le Prêtre » qui nous a marié. Depuis ce tems-là » cette fille eft demeurée chez fon pe- » re, fans jamais donner aucun mau- » vais foupçon à perfonne, non plus » entre les domeftiques, qu'entre les » étrangers; & m'ayant envoyé querir, » auffi-tôt que je vous ai eu quitté, » elle m'apprit qu'elle fentoit les dou- » leurs de l'enfantement, & que crai- » gnant la rigueur de fon pere, qui ne » manqueroit pas de l'étrangler de fes » propres mains, s'il s'appercevoit ja- » mais de fa faute, elle me prioit de la » faire fortir de la maifon, & de la » mettre en quelque lieu, où elle pût » fe délivrer avec moins d'apprehen- » fion : me trouvant extrêmement fur- » pris dans cette rencontre, & confi- » derant que vous étiez libre chez

O

» vous, n'étant pas marié, j'avois ré-
» folu de m'aller jetter entre vos bras,
» & vous confier le fecret, de même
» que l'honneur de cette femme, étant
» perfuadé de votre difcretion ; mais
» en paffant à travers de ce cimetiere,
» & la conduifant avec cette lanterne,
» les douleurs l'ont tellement preffées,
» qu'elle n'a pû paffer outre, de forte
» que j'ai été obligé de la mettre pré-
» cipitamment dans ce charnier, que
» j'ai heureufement trouvé ouvert. »

Le Chevalier des Miracles achevoit
ce dernier mot, lorfque cette femme
fe fit entendre en criant : *Jefus, Jefus ;*
& peu de tems après ayant pris une
longue refpiration : *Loüé foit Dieu,*
dit-elle, *c'en eft fait.* Le Chevalier de
même que Dom Diego, coururent à
l'inftant à l'endroit où elle étoit, & la
trouverent accouchée d'un bel enfant,
qui fe pouroit un jour vanter d'être né
fous une extraordinaire conftellation,
puifqu'il trouvoit l'entrée de la vie
dans le domicile de la mort. C'étoit
affurement un trifte fpectacle de voir
cette pauvre femme étenduë fur un
nombre infini de fquelettes, & ce petit
enfant naiffant parmi tant de morts.

Le Pere prenant cette tendre créature
l'enveloppa dans fon manteau, & recommandant la Mere à Dom Diego,
il l'emporta chez une fage-femme qu'il
avoit retenuë quelques jours auparavant, & à laquelle il avoit donné charge de chercher une Nourice.

Dom Diego demeura tout feul, la
lanterne à la main, emploiant toute fa
réthorique à confoler & donner courage à l'accouchée; mais il y avoit fi peu
de bougie dans cette lanterne, qu'à
peine furent-ils fortis de ce lugubre
féjour, que la clarté leur manqua dans
cette effroyable obfcurité; quoique je
dife mal de la nommer effroyable, du
moins à l'égard de notre Avanturier,
puifqu'il n'y avoit rien de plus agréable pour lui que les ténébres. Dans le
tems qu'il étoit occupé à cette action
de charité, un des plus induftrieux
larron de Madrid avoit mis des ef-
pions à fes ducats, & ayant appris que
pour cette nuit ils étoient demeurez
orphelins, il avoit trouvé moyen d'entrer chez Dom Diego avec une fauffe
clef, qui ouvroit toutes fortes de ferrures, & avoit fi bien fureté tous les
endroits de la maifon, qu'il avoit enfin

trouvé le cabinet où étoit le tréfor, &
l'aïant fubtilement crocheté, il s'étoit
faifi de la bourfe qui étoit accompagnée du brillant efcadron de joiaux :
N'étant encore point fatisfait de cette
capture, il ouvrît un coffre, d'où il
tira deux habits ; il fit auffi-tôt un paquet de ces hardes, au milieu duquel
il mit les ducats & le refte, ce qui
pouvoit paffer pour l'ame du corps de
ce paquet ; & chargeant avec plaifir
cet agréable fardeau fur ces épaules, il
fe retira le plus diligemment qu'il lui
fut poffible.

Il étoit fort peu éloigné du logis de
Dom Lucifuge, quand il rencontra
les Archers du guet qui faifoient la
patroüille dans la Ville ; de forte que
dans la crainte d'être apperçû, il fe
fauva dans le cimetiere dont nous vè-
nons de parler : Les Archers l'entendant courir, jugerent auffi-tôt qu'il
falloit que ce fut quelque voleur ; mais
lui qui étoit agile & difpos, gagna
tout d'un coup le charnier où il jetta
fa prife, laquelle tomba fourdement
auprès de l'accouchée, ce qui lui caufa
une fi grande frayeur, qu'elle en oublia
les douleurs de l'enfantement : Dom

Diego ignorant le prefent qu'on lui faifoit de fon bien, s'avança l'épée à la main fans dire mot, à deffein de fçavoir d'où pouvoit provenir ce bruit; le Larron l'entendant marcher fur ces fecs offemens de morts qui fe brifoient fous fes pieds, crut effectivement que c'étoit quelque malin fantôme, en-voïé par la Providence Divine pour le châtier de fon crime, tant il eft vrai que qui fait mal craint tout; & voïant que l'on ne le poúvoit trouver faifi du larcin, il préfera le hazard de tomber entre les mains des Diables humains, plûtôt qu'en celles des infernaux. Et fortant du cimetiere, il rencontra tête à tête les Archers qui l'avoient pour-fuivi, & qui s'étoient mis en embuf-cade dans le deffein de le furprendre; mais ce fripon, qui étoit fort adroit, fe fervit d'un efpadon qu'il portoit, avec lequel il fe fit paffage en dépit d'eux, & fe fauva de leurs griffes.

Cependant Dom Diego ayant été jufques à l'entrée de ce cimetiere fans y rien rencontrer, & n'entendant plus aucun bruit, s'imagina qu'il y avoit de la témerité à paffer plus avant, auffi-bien que de l'indifcretion à abandon-

ner cette pauvre femme, dont il étoit
le gardien ; il s'en retourna auprès d'elle, & la trouvant fort affligée, & qui
se plaignoit du Chevalier des Miracles
& de son retardement, avec des paroles qui marquoient un jugement soli-
de & un bon entendement, il lui offrit
de la mener chez un homme marié qui
l'avoit autrefois servi, & qui demeu-
roit à trois ou quatre maisons de-là :
Elle ne balança point à consentir à sa
proposition, de sorte que lui aidant à
se lever à tâtons, & la soûtenant par-
dessous les bras, il la mena le plus doucement qu'il pût jusqu'à l'endroit qu'il
lui avoit dit, & où elle fut fort civile-
lement reçûë, autant pour le respect
de son conducteur, que pour celui de
sa beauté, qui étoit capable de char-
mer tous ceux qui la regardoient,
& je crois bien que si notre Avanturier n'eût point eu l'esprit préoccu-
pé de ses ducats, il est indubitable
qu'il eût senti pour cette Dame quelque chose de plus que de la complaisance ; d'autant qu'il y reconnut beaucoup de charmes, lorsqu'il l'eût vûë
à la clarté. L'on fut aussi-tôt querir
une Sage-femme, pour achever de la

servir dans les incommoditez qui res-
tent ordinairement après l'accouche-
ment, & en attendant, elle fût mise
dans un lit si propre & si délicieux,
qu'il eût été capable d'exciter au sommeil le plus jaloux de tous les hommes. Mais laissons-les tous deux dans
cet état, & retournons voir à quoi
peut s'être amusé le Chevalier des
Miracles, homme très-digne de ce
nom, puisque la fortune avoit formé
en lui un très-rare sujet des impres-
sions célestes. Il étoit empêché à faire
accommoder sa petite créature, qui
se trouvoit extrêmement mal, & qui
considérant que la mere seroit assûrément en peine de son retardement,
avoit prié le mari de la nourrice de
l'enfant de s'en aller avec une lanterne
faire ses excuses à Dom Diego de même qu'à la Dame qu'il trouveroit avec
lui, & de le supplier de sa part de
vouloir employer son crédit en faveur
de cette infortunée, & de la faire
mettre en quelque lieu de sûreté, où
elle pût être assistée de tout ce qu'elle
pouroit avoir besoin. Lorsque cet
homme fut arrivé au Cimetiere, Diego étoit déja parti pour aller satisfaire

à la priére dont cet homme étoit chargé pour lui, quoiqu'il n'en fut encore
point informé. Ce nourricier entrant
donc dans le Charnier, où le Chevalier lui avoit marqué qu'il trouveroit
notre Avanturier & la mere de l'enfant, & n'y trouvant rien que des
horreurs de la mort, il se retira en re-
culant, sans oser tourner le dos à ces
affreux spectacles, craignant que des
phantômes ne vinssent sauter sur ses
épaules ; mais en approchant du Charnier, il mit inopinément le pied sur
le paquet que le Larron, poursuivi
des Archers, y avoit jetté, & ayant
senti que cela enfonçoit, il fit un
grand cri ; s'imaginant d'avoir marché
sur quelque corps fraîchement enterré,
il eut néanmoins assez d'assurance pour
se risquer à regarder avec sa lanterne ce
que ce pouvoit être, & reconnoissant
son erreur, il vit que c'étoit des hardes , consultant en lui-même s'il devoit les emporter ou non ; enfin jugeant que les morts n'y prétendoient
rien, il se disposa à les charger sur ses
épaules , ne voulant point sortir doublement habillé d'un endroit où les
autres entrent tout nuds.

Je

Je ne doute nullement que le Lecteur ne soit dans l'impatience de sçavoir si cet homme pouvoit purement goûter la douceur de sa bonne fortune sans aucun mélange d'amertume ; mais qu'il se donne un peu de patience je le contenterai. Dom Diego arrivant chez lui monta aussi-tôt avec vîtesse dans la chambre haute où il avoit son cher cabinet, il trouva la porte ouverte, & la serrure forcée, ce qui le surprit tellement, & lui saisit si fort le cœur, qu'il en demeura quasi évanoüi ; ne sçachant qui en pouvoit être l'auteur, il se mit en tête que ce devoit être une piéce que le Chevalier des Miracles lui devoit avoir joüée, pendant qu'il étoit demeuré auprès de son accouchée, & en effet son retardement étoit capable de le faire soupçonner de cette méchante action ; c'est pourquoi, sans perdre de tems, il s'en retourna au cimetiére toûjours courant, s'imaginant que le Chevalier pour mieux feindre son innocence, ne manqueroit pas de l'y aller trouver auprès de sa femme : Par bonheur Dom Diego entra dans le charnier, dans le moment que l'homme envoyé par le

P.

Chevalier en fortoit : de maniere que notre Dom Lucifuge encore tout en colere du vol que l'on lui avoit fait, & penfant que ce fut le Chevalier, fe jetta fi furieufement fur lui, qu'il lui fit tomber fon paquet par terre, le traitant de voleur & d'autres titres injurieux, & le menaçant de le faire roüer. Il paffa dans le même-tems un Archer, qui s'en retournoit chez lui, fatigué d'avoir paffé toute la nuit avec fes camarades, fans avoir pû trouver de proye, il leur commanda à l'un & à l'autre de lâcher la prife, & de répondre à fes interrogations. A quoi il fut incontinent obéï, d'autant qu'en Efpagne le moindre Officier de Juftice eft toûjours refpecté.

Le jour commençant à paroître, & la colere de Dom Diego étant un peu ralentie, lui donna lieu de reconnoître que celui qu'il avoit attaqué n'étoit pas le Chevalier des Miracles ; & cet inconnu fe voyant en liberté, trouva bon, quoiqu'innocent, de s'efquiver, & de chercher dans l'agilité de fes jambes, fon falut & fon repos, fi bien que difparoiffant comme un éclair, il laiffa Dom Diego afin de ré-

pondre pour tous les deux aux queftions de l'Archer. Celui-ci fe mettant dans la pofture d'examinateur, le
vrai larron qui s'étoit échappé des Archers, & qui avoit attendu le jour
pour venir retirer le paquet dérobé,
dont les morts étoient les receleurs,
arriva, & voyant de loin Dom Diego
& l'Archer qui conteftoient enfemble,
ne laiffa pas de s'approcher effronté-
ment peu à peu, ayant le chapeau à la
main, en écoutant le difcours & ob-
fervant exactement le paquet : enfin
l'Archer touchant Dom Diego de fa
verge, lui commande de par le Roy,
qu'il eut à le fuivre ; ce larron leur
voyant faire les premiéres démarches,
prit le paquet en queftion du confentement muet de l'Archer & de Lucifuge, & les fuivit, chacun d'eux penfant que ce fut le valet de l'autre.

Dans le tems que toutes ces chofes
fe paffoient, le Chevalier des Miracles
étoit dans une impatience mortelle,
en attendant le retour de celui qu'il
avoit dépêché vers Dom Diego ; il s'en
fut audevant de lui jufques dans le
cimetiere, où il ne rencontra non plus
le meffager que ceux aufquels il l'a-

voit envoyé. Il paſſa de - là chez
Dom Diego, où il apprit les triſtes
nouvelles du larcin, ſans que l'on lui
pût dire ce que ſon ami étoit devenu, ce qui le mit dans une affliction
ſans pareille, tant pour ce qui lui étoit
arrivé, que pour ne ſçavoir ce qu'étoit
devenuë ſa femme; quoiqu'il fût perſuadé qu'elle ne pouvoit être qu'en
bonnes mains, ayant trop de courage
& d'honnêteté pour l'avoir abandonné
à ſon malheur.

Cependant Dom Diego étant allé
avec l'Archer, ſe trouva inſenſiblement à la porte du Prevôt, & ſe re-
tournant pour voir où étoit l'homme
qui étoit chargé du paquet (& qu'il
croyoit, comme nous l'avons déja dit,
être le valet de l'Archer, de même que
l'Archer le prenoit pour celui de Dom
Diego) & voyant qu'il s'étoit éclipſé,
il demanda à cet Archer, *où il étoit, en*
lui proteſtant qu'il lui en répondroit, de
quoi l'Archer ſe trouvant formaliſé,
il lui repartit audacieuſement, *qu'il ne*
s'imaginât pas d'être dans un lieu propre à
faire des tours de paſſe paſſe. Cette parole irrita tellement Dom Diego, qu'il
donna pluſieurs coups de plat d'épée

fur la tête de l'Archer, aux cris duquel le Prevôt fortit de fon logis, &
ayant entendu la relation du fait, & la qualité de Dom Diego, il lui donna fon logis pour prifon, & deux Archers pour le garder.

Le Chevalier des Miracles laffé de fes peines, fans apprendre aucunes nouvelles de ce qu'il cherchoit, s'en retourna chez la Nourice de fon enfant; laquelle il trouva hors d'état de pouvoir l'alaitter : fon mari fuyant la Juftice, ayant paffé chez elle tout troublé, & lui ayant dit qu'il étoit contraint de s'abfenter, & de fe cacher pour quelque tems à caufe de certaines hardes dérobées, dont on l'avoit trouvé faifi, & que par la crainte qu'il avoit d'aller en prifon, il étoit obligé de fe fauver ; & qu'enfin fans fe vouloir expliquer plus intelligiblement, il étoit décampé, ayant laiffé fa femme fi épouvantée, que le cours de fon lait s'en étoit arrêté. A ce nouvel accident, notre Chevalier fe trouva fi accablé de confufion, que fans la provifion qu'il avoit d'une conftance à l'épreuve, il fe feroit donné à tous les diables, fe trouvant chargé d'un enfant, auquel il ne pouvoit donner la nourriture néceſſaire à la conſervation de ſa vie ; le Ciel l'inſpira néanmoins dans cette peine extrême , de ſorte qu'envoyant en diligence chercher un caroſſe de loüage , il ſe met dedans accompagné de l'enfant , & ſe fit mener à un Village aſſez proche de Madrid , nommé Chétafé dans l'eſpérance de le faire nourrir ſecretement dans ce lieu. A l'égard du larron qui s'étoit ſi finement emparé du paquet en la préſence de Dom Diego & de l'Archer , il s'étoit perdu au premier carreſour , & pour que l'on pût perdre l'entiere connoiſſance de ſes traces, il avoit réſolut de ſortir de Madrid , pour joüir avec plus de facilité de ſon infâme conquête , en déguiſant les hardes & les bagues , par l'aſſiſtance de certains Fripiers & Orfévres qui ſe mêlent de faire de pareilles métamorphoſes. Pour ce qui eſt de l'accouchée, vous ne devez point douter qu'elle ne fût extrêmement affligée , puiſqu'elle ſe voyoit abandonnée de ſon mari , & de celui qui l'avoit conduite où elle étoit , & parmi des gens inconnus , quoiqu'elle fut ſoigneuſement ſervie ſelon l'ordre

que Dom Diego en avoit donné : de
plus son pere & sa mere s'étant apperçûs de son absence, faisoient toutes les
recherches possibles pour tâcher d'en
sçavoir des nouvelles, & n'en pûrent
cependant rien découvrir. Enfin la
confusion étoit tout-à-fait générale
entre toutes ces personnes, d'autant
que si l'une étoit en peine d'un côté,
les autres ne l'étoient pas moins de
l'autre ; mais la Providence Divine dé-
mêla facilement toutes ces intrigues.

Le Chevalier des Miracles arrivant
sur la nuit à Chétafé, il trouva selon
son souhait, toutes les choses dont il
avoit besoin, & en moins d'une heure
il eût mis l'enfant entre les mains d'une
Nourrice, & se vit en état de retourner à Madrid. Dans le tems qu'il re-
montoit en carosse, il entendit un
grand bruit qui se faisoit dans l'Hôtellerie : la curiosité l'engageant d'y entrer, il vit un homme qui sembloit
vouloir en étrangler un autre le tenant
au colet, & le tiraillant de toutes ses
forces, en disant : » Te voici donc
» traître de voleur ! C'est toi qui m'a
» volé dans mon logis à Tolede il y a
» près d'un an, c'est à présent qu'il

P iiij

» faut que je t'égorge, & que tu me
» paye de ton fang le bien que tu m'as
» emporté ; le paquet que tu portes eſt
» fans doute quelque larcin que tu
» viens de faire à Madrid, qui met
» peut - être en peine beaucoup de
» gens auſſi malheureux que moi. »

Aux cris de cet homme enflammé
de colere, ce logis fut auſſi-tôt rempli
de monde, & le Chevalier des Miracles fendant la preſſe, s'approcha de
l'accuſé, & tant par ſes demandes que
par ſes réponſes, il le ſoupçonna pour
celui qui avoit volé Dom Diego, lequel par une permiſſion Divine, s'é-
toit trouvé logé dans ce Cabaret avec
un Marchand de Tolede qu'il avoit volé
quelque tems auparavant. L'on fit incontinent appeller le Juge, en la pre-
ſence duquel l'on fit ouverture du paquet, & l'inventaire de tout ce qui ſe
trouva dedans, que l'on mit en dépôt
chez le Maître de l'Hôtellerie. Le coupable fut fait priſonnier, pendant que
le Chevalier s'en retourna à Madrid
porter ces bonnes nouvelles à notre
Avanturier, qui lui en voulant témoigner l'excès de ſa joye, le mena voir
en quel état étoit ſon accouchée, la-

quelle de sa part ne reçût pas peu de contentement de cettè visite inopinée.

Dom Diego Lucifuge eut de vifs ressentimens, d'avoir soupçonné le Chevalier des Miracles capable d'une action si infame. Il étoit néanmoins excusable, d'autant qu'il n'avoit fondé cette pensée que sur l'opinion commune de toutes sortes de gens, qui s'imaginoient en voyant la dépense du Chevalier, qu'il faloit assurement qu'il se mélât de quelque métier infame : mais par la suite notre Avanturier apprit qu'il ne s'entretenoit si galamment que par le moyen de la Dame qui favorisoit ses larcins amoureux, laquelle étant fille d'un pere extraordinairement riche, lui fournissoit depuis quatre ans tout ce qui lui étoit nécessaire pour paroître à la Cour. Dom Lucifuge s'étant enfin déchargé du soin de cette femme, s'appliqua aux moyens de se faire rendre ce qui lui avoit été dérobé, & fit députer un Commissaire de la part du Roy pour querir le larron, & lui faire faire son procès à Madrid, où il ne fut pas plûtôt arrivé, que faisant une naïve confession de ses crimes, il lui en coûta

la vie pour réparation. Dom Diego
fut remis de cette maniere en poſſeſſion
de ſon bien, non pas ſans que ſa bourſe fut obligée de ſouffrir quelque ſai-
gnée ; d'autant que la Juſtice eſt en ce
tems une choſe ſi précieuſe qu'il la
faut acheter au poid de l'or, & le mari
de la premiere Nourrice fut rappellé
du baniſſement où il s'étoit condam-
né lui-même, par ſa terreur pani-
que.

Le Chevalier des Miracles, voulant
retirer les pere & mere de ſa femme
des extrêmes peines où les mettoient
la fuite de leur fille, leur envoya quantité de perſonnes d'autorité, comme
des Prélats, des Religieux d'une vie
exemplaire, & des Miniſtres d'Etat,
leſquels émûs par les humbles ſuppli-
cations, que cette charmante beauté,
maîtreſſe du Chevalier, leur faiſoit à
tout moment, prirent la choſe ſi fort
à cœur, qu'ils amolirent en peu de
jours les cœurs du pere & de la mere,
& les diſpoſerent non-ſeulement à pardonner à ces deux amans ; mais de plus
ils approuverent leur mariage, de même que s'il eût été fait de leur conſentement. L'Amour qui avoit été la

cause de leur crime, ayant été le principal Avocat de la cause, inspira tant
de douceur dans l'ame de ses parens,
qu'en faisant leur reconciliation, ils
firent venir le petit poupon, & l'in-
stalerent au droit d'aînesse de leur succession.

Et afin qu'il ne manqua rien à la so-
lemnité d'un si heureux succès, il se
fit une assemblée considérable, tant
des parens que des amis, où les nôces
de ce jeune époux furent célébrées
avec toute la joye, & l'allégresse possible ; ce que j'entends seulement des
cérémonies mondaines, d'autant qu'il
ne fut rien ajoûté au Sacrement, les
formes & les observations requises y
ayant été exactement gardées ; dequoi
Dom Diego en particulier reçût beaucoup de contentement, puisqu'il voïoit
la fortune de son ami faite, & avec lequel il lia une nouvelle amitié. Le
Chevalier de son côté recherchant
avec soin les occasions de lui en marquer son ressentiment, & de lui témoigner jusqu'à quel point il se sentoit son obligé pour les bons & agréables services qu'il avoit bien voulu rendre à sa bien-aimée, laquelle de sa part

lui en demeura toute sa vie redevable.

Tout ce qu'il y avoit de gens sensez, crurent que Dom Diego, après avoir fait tant de diverses expériences dans les fâcheuses rencontres de la vie, & où la sienne s'étoit si souvent trouvée dans un danger manifeste, demeureroit dorénavant dans une parfaite retenuë, & employeroit son tems beaucoup mieux qu'il n'avoit fait du passé; mais ils se tromperent de plus de la moitié dans leur calcul. Le trop bon succès de toutes ses avantures lui donnant la hardiesse d'en rechercher encore des plus dangereuses ; s'imaginant aussi que les rencontres nocturnes arrivées à quantité de personnes, & que les peres étant au coin du feu racontoient à leurs enfans, n'étoient que des absurditez & des fourberies propres à épouvanter les sots, qui s'étant effrayez d'abord, & n'ayant pas eu assez de courage ni d'hardiesse pour en pénétrer la vérité, non plus que pour en démêler l'origine avoient fait passer pour des merveilles, ce qui n'étoit que de simples badineries. Et il est très-constant que les visions des om-

bres & des phantômes ne nous font
ordinairement racontées que par des
efprits foibles, puifqu'il n'y a point
de cimetiere plus affreux que le cœur
d'un homme timide & poltron.

HUITIE'ME
AVANTURE.

L A bonne opinion que Dom
Diego avoit de lui-même , &
qui ne provenoit que de ce
qu'il s'étoit vû triompher de tant de
périlleux accidens, lui faisoit mépriser toutes sortes de hazards , ce qui faisoit qu'il s'imaginoit être à l'épreuve
de quelque rencontre que ce pût être ,
& que la fortune devoit céder à son
courage & à sa valeur. Dans cette
croyance il ne recherchoit que les occasions les plus dangereuses, afin de
donner des preuves de sa bravoure , &
de se faire passer pour le premier entre
les plus braves & les plus résolus. Mais
bien-loin que cela pût servir à lui ac-
quérir ce renom, un chacun le mettoit
au nombre des esprits extravagans ,
tant il est vrai qu'un homme qui aspire
à se rendre singulier , se rend l'objet

de la raillerie & du mépris des gens
fages & prudens.

Notre Avanturier ayant été averti
que les chariots ordinaires, lefquels
paffent des nuës de pouffiére en Eté,
& de bouë en Hyver, qui fe trouvent
entre Madrid & Tolede, ne marchoient que de nuit, il réfolut de faire
ce voyage, qui contient environ douze
lieuës, non pas dans le deffein de re-
paître fes yeux des beautez de l'agréable ville de Tolede; mais feulement
pour pouvoir avec plus de loifir con-
verfer dans les ténébres; ayant de plus
une envie infatiable d'entendre le rama-
ge & les fots difcours des gens de la lie
du peuple qui fe rencontrent très-
fouvent fur ces fortes de chemins. Pour
cet effet il reprit l'habillement avec lequel la Bourgeoife l'avoit fait déguifer,
qui étoit celui d'un Valet, craignant
que s'il s'y en alloit vêtu en homme de
fa qualité, il n'obligeât la compagnie
à demeurer dans une contrainte févere,
ce qui l'eût indubitablement privé du
plaifir dont il vouloit joüir par leur jar-
gon & leurs converfations infipides,
de forte que s'étant armé d'une épée &
d'un poignard, il fortit de Madrid fur

les huit à neuf heures du soir.

La compagnie qui occupoit ce chariot, étoit compofée de certains rufti-
ques & de gens qui contractent toûjours amitié entre deux tretaux. Dom
Diego prit place au milieu de cette
honorable affemblée le mieux qu'il lui
fut poffible, d'autant que ce n'eft point
dans ces voitures, où l'on doit attendre des complimens. Les rouës avoient
à peine pris terre & quitté le pavé,
que chacun fe mit à babiller & à faire
un bruit pareil à celui de ces horloges,
dont la corde venant à fe rompre, tous
les refforts prennent un cours tout
contraire à leur ordinaire. Dom Diego
fe trouva bien étonné, d'entendre une
fi grande confufion de propos, & auffi
les termes barbares & fauvages dont ils
ufoient; mais s'il ne pût y trouver de
l'élégance, il y remarqua du moins de
la nouveauté. L'un contoit comment
il avoit fait boire fes amis en leur donnant l'adieu; & l'autre la bonne chere
qu'on lui avoit faite en tel & tel lieu:
celui-ci leur apprenoit de quelle maniere il avoit fait pour crocheter le
coffre de fon pere & en tirer l'argent,
& celui-là n'avoit dit adieu à perfonne
de

de peur d'être arrêté par ses créan-
ciers ; enfin c'étoit un galimatias
confus de confusions générales de toutes leurs belles actions , qu'il étoit impossible de pouvoir distinguer trois
paroles de suite.

Pendant cet agréable entretien , ils
arriverent à Illescas , & étant à la porte de l'Hôtellerie , encore tous sur le
chariot , ils prirent querelle pour l'absence d'un certain sac de cuire , servant
de valise ou de male à quelqu'un de la
compagnie , qui cherchant après & ne
le trouvant pas , vouloit absolument
que le Chartier en répondit. Les voilà
donc tous à crier après l'homme du sac,
& des injures ils en vinrent aux coups ,
le pauvre Cocher tomba fort blessé devant l'Hôtellerie , où la Servante le
rencontrant , elle arrosa de ses larmes
le corps de son infortuné Phaëton , qui
ne fut pas long-tems sans en être ven-
gé ; car celui qui avoit donné le coup
se voulant hâter de descendre du chariot , dans le dessein de se sauver , s'a-
trappa le pied à une corde , & tomba
si rudement sur le pavé la tête la premiére , qu'il en demeura tout évanoüi.
Messieurs les Officiers de la Justice ,

Q

qui font du naturel des Chirurgiens
qui ne fouhaitent que plaïes & boffes,
accoururent à ce défordre avec toute
la diligence qui leur eft ordinaire ; car
l'on peut être perfuadé qu'ils vont
auffi vîte des pieds que des mains,
lorfqu'ils voyent la proïe tomber dans
leurs filets, & fe mirent auffi-tôt à
examiner, à informer & à emprifon-
ner, & pour une plus grande affurance
de leurs vacations, ils mirent le chariot avec les mules en fequeftre, bien
plûtôt pour leur propre intérêt, que
pour le maintient de la police & de l'u-
tilité publique.

Dom Diego qui s'étoit retiré à côté, n'étant pas de la querelle, ne laiffa
pas d'être pris comme faifant partie de
la compagnie, & eût fans doute été
obligé d'aller en cage, fans la rencontre qu'il fit d'une certaine petite No-
bleffe champêtre, qui le reconnoiffant,
s'employa auprès du Prevôt qui lui fit
grace. Ce fut fon déguifement qui lui
rendit ce mauvais office ; car il eft affuré que lorfqu'il eft queftion de paffer
par des endroits où l'on n'eft pas connu, il faut chercher de la recomman-
dation par fes habits, d'autant que

c'eſt à quoi l'on regarde du premier
abord, & par où l'on juge de la qualité
auſſi-bien que de l'humeur. Notre
Avanturier ne pût ſe diſpenſer de s'arrêter quelques jours à Illeſcas, par le
moyen des agréables libertez que lui
permit une Demoiſelle de paſſage, qui
s'en alloit de Tolede à Madrid, faire
offre d'un nouveau mets à la ſenſualité
des Courtiſans, & qui étoit logée
dans la même Hôtellerie : de ſorte que
Dom Diego étant devenu malade
d'une contagion d'amour dont elle l'a-
voit fait participant, elle eſſaya auſſi
de lui ſervir de Médecin & de le guérir entiérement, non pas avec des potions d'Apoticaire, mais avec des ſai-
gnées de bourſe, d'où elle tiroit fort
ſouvent des onces d'or ſans aucun ſcru-
pule. Et comme il eſt certain que ce
métal eſt le ſecond ſang de la vie, pour
ne pas dire le premier, ces fréquentes
évacuations mirent notre amoureux
en état de ne vouloir plus ſuivre les
ordonnances d'un pareil Médecin, &
de lui donner incontinent congé, ou
bien de le prendre lui-même. Pour effectuer cette réſolution, il loüa une
mule, qui étoit pour le moins une

auffi méchante bête que celle qu'il
venoit de quitter ; mais s'étant déja accoûtumé au train de la premiére, il ne
lui fut pas difficile de fouffrir celui de
la feconde.

Cette mule ayant été autant mal
nourrie, qu'elle avoit bien travaillé,
ne marchoit qu'avec beaucoup de
peine, quoique fon écuyer ne lui
épargnât pas l'éperon, & bronchant à
chaque pas, elle préfageoit à Dom
Diego qu'elle n'iroit pas loin fans faire
un parterre, ce qui effectivement arriva, quoiqu'il lui fût extrêmement
obligé de fes fréquens avertiffemens,
fans lefquels il fe fût beaucoup plus
bleffé qu'il ne fit, & ce fût un bonheur pour lui de s'être préparé de bonne heure à la chûte ; car il eft indubitable qu'il fe fut rompu le col dans une
carriere où il fe feroit précipité, s'il
n'eût été affez habile pour fe jetter à
propos de l'autre côté. Si-tôt qu'il fe
fut relevé, il commença par exercer la
charité envers fon prochain, aidant fa
bête à fe remettre fur pied, renonçant
tout à fait à la monture ; de forte
qu'il fe trouva contraint de la mener
par la bride prefqu'une lieuë entiere

jufqu'à la plus proche Hôtéllerie, où
le point du jour arriva en même tems
que lui, d'autant qu'étant parti d'Il-
lefcas aux environs de minuit, il avoit
marché jufques à l'aube du jour pour
fuivre fes caprices extravagants : ayant
donc déjeuné à ventre déboutonné,
ou pour mieux dire foupé (puifqu'il
renverfoit le tems fans deffus deffous,
l'heure de fouper des autres étant celle
de fon déjeuner) il fe mit au lit, &
dormit de même qu'un homme qui
n'a ni inquietude dans l'efprit, ni in-
difpofition dans le corps.

Il avoit fait durer fon fommeil jufques après quatre heures, lorfqu'il en
fut tiré par le cornet d'un poftillon
qui conduifoit un Archer qui étoit
envoyé en commiffion par le Confeil
Suprême, lequel étoit reputé pour
une des plus excellentes vûës en matiere de vol, quoiqu'il ne l'eût néanmoins pas trop bonne ; puifqu'il ne
fe connoiffoit pas lui-même. Ce Su-
pôt de Juftice étoit parti en pofte de
Madrid dans le deffein de découvrir
la pifte de certains maîtres tout-à-
faits experts dans l'art de s'approprier
le bien d'autrui, & qui en avoient

donné une preuve très-fuffisante aux
dépens d'un des riches Seigneurs de
la Cour. Ayant mis pied à terre dans
cette Hôtellerie, il fureta par tout, &
après avoir examiné le Cabaretier &
tous ceux qui fe trouverent chez lui,
l'on fit lever Dom Diego pour com-
paroître à l'interrogatoire, lequel s'é-
tant trouvé déguifé, auroit fans doute
payé pour toute la compagnie, fi cet
illuftre Officier ne l'eût reconnu pour
ce qu'il étoit.

Aïant fait une perquifition exacte
de tous ceux qui étoient dans cette
maifon, notre Archer fe trouva dans
une extrême mélancolie, tant pour
n'avoir pû apprendre des nouvelles de
ce qu'il cherchoit, que parce qu'il ne
trouvoit perfonne qui fut capable d'u-
ne accufation; car il faut fçavoir qu'il
fuffit à ces fortes de gens de rencontrer
un fujet qui y foit difpofé, puifqu'enfuite il ne leur eft pas difficile de lui
donner telle forme qu'ils fouhaitent.
Ne fçachant donc à quoi il devoit fe
déterminer, & s'il pafferoit plus avant,
ou s'il retourneroit fur fes pas, il s'arrêta à la porte de l'Hôtellerie accompagné de Dom Diego, qui fe rendoit

Complaisant en revenche de la faveur
qu'il avoit reçûë, en s'informant des
allans & des venans, s'ils n'avoient
rien rencontré de ce qu'il desiroit tant
de trouver. Comme le jour commençoit à faire place à la nuit, ils apper-
çurent de loin un convoi mortuaire,
lequel étoit composé de quatre Religieux & de quatre Seculiers, revêtus
de longues robes de baye noire, & la
tête couverte de capuchons, de ceux
que l'on appelle Pleureurs, comme il
y en a dans Paris qui vont porter les
billets d'enterremens. Ces lugubres
postures conduisoient un brancart
porté par deux fortes mules, où étoit
un cercueil de bois, couvert de même
étoffe que leurs habits. Les quatre
Religieux marchoient les premiers,
& s'arrêtant à l'entrée du Village,
avertirent les autres qu'il étoit nécessaire de se reposer un peu, & de faire
en même-tems une petite commémora-
tion des morts pour la conservation
des vivans. L'Archer ayant fait un
grand signe de Croix à leur abord, demanda s'ils n'avoient point rencontré
dans leur chemin des gens de telle &
telle façon & vêtus comme il leur figu-

roit, qui avoient fait un vol confidérable dans Madrid. « Nous n'avons vû
» qui que ce foit, répondit un des Re-
» ligieux ; mais voicy un fameux larcin
» qu'une célebre larroneffe a fait, quoi-
» qu'elle feule y ait mis la main ; où
» eft-il ce larcin, repartit l'Archer dé-
» ja tout émû : & qui eft cette larro-
» neffe ! Hélas ! Monfieur, dit le Re-
» ligieux, le larcin eft dans ce cercüeil,
» & celle qui l'a fait, eft la mort : c'eft
» un corps auffi précieux & auffi no-
» ble que de l'or, » & prenant en même-tems notre Archer par la main, en
le tirant affez rudement du côté du
cercüeil, d'autant qu'il étoit extrêmement fort ; « venez, Monfieur, pour-
» fuivit-il, venez voir ce prodigieux
» larcin, venez voir à quoi la nature
» humaine eft fujette. » L'Archer qui
n'étoit nullement accoûtumé à con-
verfer avec les habitans du païs des ombres, & qui ne prenoit point trop de
plaifir au difcours du Religieux, lui
dit affez froidement ; « laiffez-moi al-
» ler, mon Révérend Pere, je ne fuis
» point envoyé ici pour controller les
» actions de la mort, & je n'ai pas le
» cœur affez fort pour voir ouvrir un
» tombeau;

» tombeau ; puisque la plus belle des
» créatures étant morte , est puante au
» bout de vingt-quatre heures, & quoi-
» que vous fassiez comparaison de ce
» corps au plus agréable de tous les mé-
» taux , je ne m'imagine pas néanmoins
» qu'il soit aussi incorruptible que l'or ,
» à qui seul la nature a donné ce privi-
» lege ; » & disant cela , il monta à che-
val & gagna païs.

Dom Diego se trouvant donc logé
avec tout ce funebre attirail , les conducteurs de ce corps déchargerent leurs
mules de leur fardeau sous un grand
portail , & les firent mener à l'écurie ,
& après avoir fait couvrir la table auprès du cercüeil qu'ils gardoient avec
beaucoup de soin , ils se mirent à joüer
des dents , ayant auparavant prié notre
Avanturier d'être de la compagnie le
voyant tout seul de sa bande , ce qu'il
accepta sans faire beaucoup de complimens ni de cérémonies , & s'étant
assis auprès d'eux , ils se mirent peu à
peu en train de boire , en attaquant les
santez les uns des autres avec un tel
excès , que si elles eussent pû recevoir
de l'augmentation par les délicieuses
potions qu'ils avaloient si souvent, ils

R

pouvoient aſſûrément ſe promettre de
les rendre éternelles.

La Maîtreſſe du logis ſe trouvant
ſurpriſe, de même que Dom Lucifuge, de voir ces conducteurs lugubres
ſi peu mortifiez, quoiqu'ils fuſſent
dans la compagnie de la mort, leur dit
naïvement : « courage, Meſſieurs, cou-
» rage, faites bonne chere & réjoüiſ-
» ſez-vous ; car je ne doute point qu'il
» n'y en ait aſſez d'autres qui pleurent
» pour ce pauvre corps que vous con-
» duiſez, à qui Dieu veüille pardonner. »
A ce diſcours, celui qui étoit au bout
de la table, & qui diſtribuoit à diſcrétion l'huile des lampes de Bacchus prit
la parole, & dit : « Ma bonne amie,
» vous avez-là dit une ſentence que je
» n'euſſe jamais crû devoir ſortir d'une
» bouche ſi diſerte que la vôtre, il eſt
» vrai que pour le préſent il y a une ex-
» trême affliction dans la maiſon d'où
» eſt ſorti ce riche, & non pas pauvre
» corps comme vous le nommez ; & ce
» qui fâche d'autant plus cette famille,
» c'eſt la conſidération de ſa mort ſubi-
» te qu'on regrettera éternellement ; il eſt
» mort entre mes mains, & ce ſont les
» mêmes mains qui ont travaillé à l'en-

» fevelir , priez Dieu que nous le puif-
» fions porter fans danger jufqu'à l'en-
» droit où il doit être dépofé , & ne
» vous fcandalifez pas de nous voir
» prendre un peu de réfection ; puif-
» que vous fçavez bien qu'il faut fe
» nourrir , afin de reprendre des for-
» ces , propres à fupporter la peine que
» nous avons de l'accompagner à pied : »
là-deffus il bût à la fanté de l'Hôteffe ,
& lui mettant un grand verre de vin à
la main , la fupplia de vouloir lui faire
raifon , tant il eft vrai que le débordement des bûveurs va quelquefois jufqu'à un tel excès , qu'ils font paffer
leur folie pour raifon. Enfin parmi
tant de fantez fans nombre , un des
conducteurs du mort , fe trouvant in-
difpofé , n'ayant pas le timbre à l'é-
preuve des fumées du vin , commença
à bégayer & à parler un langage inconnu , & tomba enfuite par terre dans
une extafe qui le rendit fort différent
du trépaffé , puifqu'il demeura affou-
pi d'un profond fommeil , qui eft la
vivante image de la mort.

Il étoit près de dix heures de nuit ,
lorfque les moins étourdis de la bande
fe réfolurent de partir , d'autant qu'ils

ne vouloient point coucher en cet endroit : de forte que chargeant leur
brancart fur les mules, qui avoient
auffi-bien foupé que leurs maîtres, ils
payerent très-libéralement l'Hôteffe,
qui leur donnant mille bénédictions,
dit pour le moins autant de *requiefcat
in pace* pour le mort ; & lui ayant re-
commandé le foin de celui qui en
avoit pardeffus les bertelles, la prierent
de lui dire qu'il vint après eux auffi-
tôt qu'il feroit éveillé ; mais confidérant que la robe de deüil, dont il étoit
couvert, lui étoit inutile, ils la lui
ôterent, faifant voir par-là qu'ils defiroient d'en prendre un autre en fa
place, afin de rendre leur nombre com-
plet.

Dom Diégo tenté par fa curiofité
diabolique (pouvant ainfi nommer
celle qui prétend pénétrer dans ce qui
lui eft indifférent) & voulant fçavoir
plus particulierement en quel endroit
alloit ce convoi, de même que le nom
du défunt ou de la défunte, s'offrit aux
conducteurs pour remplir la place vui-
de, & de fe revêtir de la robe de deüil:
de maniere que comme ils l'avoient
reconnu pour un affez bon grivois pen-

dant le fouper, & confidérant après
l'avoir envifagé de nouveau, qu'il portoit la mine d'un homme de courage
& d'expédition, ils le reçûrent à bras
ouverts, au lieu de celui qui étoit ravi
par les fureurs bachiques, & fortirent
ainfi gayement de l'Hôtellerie.

Ils étoient à peine hors du Village,
qu'ils s'écarterent du grand chemin
pour aller à travers les campagnes, ce
qui furprit extrêmement notre nouveau Pleureur, ne fçachant pas fi ce
qu'ils en faifoient étoit par mégarde ou
de propos délibéré, quoiqu'il n'osât
néanmoins s'en informer, après avoir
marché prefque deux heures au milieu
des terres labourées ; ils arriverent proche d'une montagne fort haute, laquelle étoit entourée de rochers & de
bois, & qui ne pouvoit être que la demeure des loups, des ours & des autres bêtes féroces, où étant entré bien
avant, ils firent alte, & tout auffi-tôt
un de cette bande, qui étoit de fort
mauvaife mine, commença à dire avec
une voix enroüée: « Ha ! mes confre-
» res, il me femble qu'il eft tems que
» nous mettions ce corps en piéces.
» Oüi, oüi, c'eft bien dit, répondirent

R iij

» en même inſtant les autres, puiſ-
» que nous ne pouvons trouver d'en-
» droit plus propre à faire cette divi-
» ſion. » Si notre Avanturier fut ſurpris, ce fut lorſqu'il entendit cette
cruelle ſentence, ne pouvant s'imaginer pour quel ſujet ils vouloient ainſi
traiter ce corps, & s'étant un peu retiré à l'écart, il vît naître dans ce moment une groſſe querelle entr'eux pour
le partage des membres du défunt.
Des paroles ils en vinrent aux coups,
& tirant des coutelas & des piſtolets
qu'ils avoient ſous leurs robes, auſſi-
bien les vénérables Religieux que les
autres, dequoi Dom Diego ne s'étoit
point apperçû : ils s'animerent d'une
telle fureur les uns contre les autres,
que le ſang qui ſortoit de leurs bleſſures, joint au feu que faiſoient leurs
épées en ſe chamaillant, & le bruit de
leurs piſtolets, épouvanterent ſi fort
les mules, qu'elles ſe prirent à renifler,
à ſoufler & à fuïr en même-tems. Dom
Lucifuge ſe mit en devoir de courir
après pour les ratrapper ; mais elles alloient ſi vîte, qu'avant qu'il pût les
atteindre, elles avoient déja enfilé un
chemin ſi creux & ſi étroit, qu'il étoit

tout-à-fait impossible de pouvoir gagner le devant, si bien qu'il fut contraint de les suivre avec beaucoup de
fatigue ; d'autant que comme la nuit
étoit extrêmement obscure, & qu'il
n'y avoit aucunes traces de chemin, il
trébuchoit & tomboit à tous coups,
& le plus souvent sur des mottes de
terres couvertes d'épines & sur des
buissons, qui eussent été capables de
lui déchirer toutes les jambes s'il se fut
trouvé sans bottes ; cependant dans
l'espérance de sortir de ces brossailles,
il fit près d'une lieuë, ayant continuellement l'image de la mort devant les
yeux, & l'imagination toûjours occupée de la conversation de ces Religieux
Soldats qui portoient des épées & des
pistolets à leur ceinture, au lieu de
Breviaires & de Chapelets. Ce qui le
mettoit encore dans un plus grand
étonnement, étoit leur inhumanité à
vouloir mettre en piéces un corps, lequel étant de la qualité qu'ils disoient,
méritoit d'avoir un autre sort & d'ê-
tre conservé en son entier ; puisque
cette maniere d'agir excédoit la coûtume ordinaire des Chrétiens, qui
permettoient bien d'ouvrir les corps

R iiij

pour les embaumer , & non pas de les
mettre en quartiers de même que des
cochons. •

Entretenant son esprit de ces sérieu-
ses pensées , il se trouva auprès de la
cabane d'un Berger , où par la Providence Divine les mules s'arrêterent
d'elles-mêmes ; car sans cela elles s'alloient infailliblement jetter dans un
précipice avec le trépassé. Les Pasteurs
avertis par l'aboïment de leurs chiens ,
sortans de leur retraite avec de la lumiere , ne furent pas peu effrayez de
voir ce funebre équipage : mais Dom
Diego coëffé de son deüil , leur dit le
plus succinctement qu'il pût , qu'il
s'étoit égaré du grand chemin à cause
de l'obscurité , & qu'il conduisoit un
mort , s'informant s'il n'y avoit point
quelque Village à l'entour de-là où il
pût se reposer en attendant le jour.
Ces bonnes gens remplis de charité , &
poussez du desir de contribuer en quelque chose à la pieté de ce conducteur
égaré , le menerent au Village prochain , où il trouva un vénérable Curé , homme de bonne mine , qui avoit
autrefois fréquenté le monde , & que
les rigueurs de la fortune , ou plûtôt

ſes faveurs, avoient réduit à cette condition, qui lui faiſoit paſſer heureuſement ſes jours dans l'étude & dans le
repos. Il logea le vivant chez lui & le
mort dans l'Egliſe, ce qui fut un grand
bonheur pour notre Avanturier d'a-
voir rencontré un hôte qui pouvoit
loger les vivans & les morts. Ayant
fait appeller ſon Sacriſtain & les autres
Officiers de ſon Egliſe, il leur ordonna de porter le cercüeil avec le voya-
geur trépaſſé dans la Chapelle du Patron de la Paroiſſe & du Seigneur du
lieu. Dom Diego ayant auparavant récompenſé par ſa libéralité le ſervice
que lui avoient rendu ces Bergers. Se
voyant donc ſeul avec cet honnête Curé, il lui fit le récit de cette rencontre
ſurprenante, & ſon hôte lui ayant donné un verre de vin & quelques morceaux
de coins confits, il le mena repoſer
dans un lit ſi bon & ſi propre, qu'il
ajoûta quelque choſe à l'envie que Lucifuge avoit de dormir; de ſorte que
n'y penſant reſter que le peu de tems
qu'il y avoit juſqu'au jour, il y demeura juſqu'à midi, ne faiſant point de
plus long chemin que celui du lit à la
table, en imitant ce jour-là la vie d'un

parfait courtisan. L'inclination de ce bon Prêtre se trouvant disposée à faire cas de Dom Diego, lequel comme j'ai déja dit, étoit de très-agréable conversation, supplia de vouloir rester chez lui jusqu'au lendemain, pendant lequel tems il pouroit peut-être venir quelqu'un pour sçavoir des nouvelles du trépassé, il trouva la proposition si bonne, qu'il ne balança point d'accepter l'offre qui lui étoit faite. A l'issuë de table, le Curé voulant entretenir notre Avanturier, l'engagea à aller se promener au tour du Village, qui étoit grand & dans une agréable situation, & s'entretenir de nouvelles qui couroient alors, ce qui fit reconnoître à Lucifuge que cet homme n'avoit pas toûjours été parmi des Paisans. Cette considération jointe à la curiosité naturelle qu'il avoit de s'informer de toutes choses, le porta à demander à cet Ecclésiastique s'il vouloit bien avoir la bonté de lui conter de quelle maniere & par quel mouvement il avoit établi sa demeure en ce lieu champêtre : si bien qu'étant d'une humeur tout-à-fait complaisante, & voulant contenter les desirs de son hôte, il lui tint ce discours.

HISTOIRE.

SEville est le lieu de ma naissance, ce qui est la seule faveur dont je sois redevable à la fortune, & qu'elle ne m'a faite qu'à dessein, pour qu'il ne me fut pas permis de m'estimer tout-à-fait malheureux. Neanmoins puisque c'est une bassesse pour un grand courage, que d'accuser les Astres, je vais passer outre. Mon pere étoit un homme de qualité, beaucoup plus remarquable par ses vertus que par ses biens, lequel me fit instruire dans les Lettres Divines & Humaines, afin de me laisser un héritage qui ne périt jamais, & mon inclination étant portée à l'exercice où il m'avoit appliqué, je devançai la plûpart de mes camarades, & acquis en peu de tems le degré de Docteur en Droit. Le bruit de la capacité que l'on croyoit en moi, se répandit aussi-tôt parmi tous les honnêtes gens de la Ville, & fit desirer à plusieurs l'avantage de m'avoir dans leur alliance, de sorte que l'on ne me parloit que de filles,

auſſi belles que riches ; amorce ordinaire de la ſenſualité & de la convoi-
tiſe ; mais n'étant encore point d'humeur à me ſoumettre aux contraintes
du mariage , il me fut impoſſible d'accepter aucune des propoſitions qui
m'étoient faites ; enfin après avoir re-
fuſé tant de biens & de beautez , capables d'émouvoir les moins ſenſibles aux
plaiſirs & à l'avarice , & réſiſté tant de
fois aux perſuaſions de ceux qui tâ-
choient de m'engager , l'on s'imagina
facilement qu'il falloit que j'euſſe quelqu'averſion pour le ſexe ; mais les attraits & les charmes d'une certaine
Dame diſſipa entierement l'opinion
que l'on avoit conçûë de ma froideur.
La beauté de cette perſonne , auſſi-
bien que les rares qualitez de ſon eſprit , étoient des armes invincibles &
inévitables à tous ceux qui avoient aſſez de bonheur pour avoir accès auprès
d'elle , & qu'elle vouloit honorer de
ſon eſtime. Parmi tous ceux qui aſpi-
roient à cet avantage , je fus celui de
qui elle témoigna agréer les recherches,
ſi bien qu'au bout de quelques jours ,
& du conſentement général de ſes parens & des miens , l'Egliſe reçût le

ferment de notre fidelle union. Je paſ-
ſai deux ans avec elle dans une parfaite
intelligence, le changement continuel
des choſes humaines m'étant tout-à-fait
inconnu. Je ne veux pas néanmoins
m'arrêter ſur ce bonheur, puiſqu'il ne
pourroit ſervir qu'à renouveller & à
faire ſaigner les playes que cette félicité m'a laiſſée dans le fond de l'ame.

Cette chere moitié de moi - même
avoit un frere dont les galanteries de
jeuneſſe ſe métamorphoſerent en des
excès ſi infâmes qu'il s'étoit attiré la
haine de tous les Citoyens de Séville,
étant ſouvent tombé entre les mains
de la Juſtice, & ſouffert pluſieurs fois
la honte de la priſon, d'où mon in-
duſtrie, ou plûtôt ma bourſe l'avoit
toûjours retiré; puiſque vous ſçavez
auſſi-bien que moi que l'argent eſt l'a-
mi le plus ſecourable que nous puiſ-
ſions avoir dans toutes ſortes d'occa-
ſions. Il étoit d'un naturel ſi accoûtumé aux débordemens de la vie, qu'au
lieu de réformer ſes manieres par le
ſouvenir des affronts & des châtimens
qu'il avoit été obligé de ſouffrir, la
vertu étant incapable de faire cet effet,
il s'abandonnoit encore plus exceſſive-

ment aux vices. Voyant donc que ce m'étoit une impossibilité de vaincre ses mauvaises habitudes, de quelque douceur ou de quelque sévérité dont je pusse me servir, je me trouvai contraint de lui défendre ma maison, & commandai à tous mes Domestiques de ne lui en pas permettre l'entrée lorsqu'il s'y présenteroit ; mais cette ordonnance fut vaine, ce qui nous doit persuader qu'un Législateur doit mesurer les Loix qu'il établit à la force & à l'obéïssance de ceux ausquels il prétend de les faire observer, puisqu'autrement elles font mépriser leur instituteur, & l'exposent à de grands inconvéniens. C'est aussi ce qui m'arriva. Quand ces pensées me reviennent dans l'esprit, il m'est presqu'impossible de pouvoir retenir mes larmes, & je puis vous assurer que je serois honteux de témoigner cette foiblesse devant vous, si je n'étois convaincu que vous la trouverez pardonnable, lorsque vous en aurez appris le sujet.

Ma femme ayant de l'amour pour ce jeune homme autant que la nature l'y pouvoit obliger, & comme son frere unique, sans que ses débauches & sa

vie, fût capable de ralentir son affection, lui facilitoit l'entrée de mon
logis, & permettoit qu'il lui allât rendre visite pendant le tems que j'étois
absent. Et pour cet effet il avoit fait
provision d'espions qui me suivoient
par-tout, & qui l'avertissoient soi-
gneusement de mon retour, afin qu'il
pût avoir le tems de sortir ou de se
cacher avant que j'arrivasse ; mais il est
constant que quand le malheur nous a
déclaré la guerre, quelque chose que
nous fassions pour le prévenir, il nous
surprend dans les mêmes passages où
nous nous imaginions d'éviter la rencontre, & notre fuite ne lui sert que
d'un moyen plus assuré pour nous attraper. Ma femme avoit accoûtumé
de le faire cacher dans ma chambre,
& dans la ruelle du lit où nous cou-
chions ordinairement ; & parce que
cette invention leur avoit plusieurs fois
réüssi, ils s'y fioient entierement lorsqu'ils en avoient besoin. Un jour me
retirant chez moi vers le soir, & entrant dans la chambre, ce jeune homme se trouva surpris (faute de bonnes
sentinelles,) de sorte que se voulant
cacher avec précipation, il s'accrocha

le pied à un buffet, & tomba fort
rudement sur le plancher ; moi fort
étonné de cette chute, sans sçavoir
néanmoins qui ce pouvoit être, parce que le jour ne paroissoit plus, je
m'élançai vigoureusement sur lui, &
le pris à la gorge dans le tems qu'il
se relevoit pour se retirer dans sa ca-
chette. O malheureuse & déplorable
diligence ! puisque mettant la main sur
un poignard qu'il portoit ordinairement à sa ceinture, & croyant que
ce fut un voleur, je lui donnai trois
coups de ce même poignard, & le jet-
tai par terre, lorsque sa voix me fit
assez connoître la faute que j'avois faite : effrayé, comme vous le pouvez
croire, de cet accident, je le lâchai &
me retirai en arriere; mais lui qui avoit
beaucoup de force & de vigueur, se
relevant l'épée à la main dans le dessein de se vanger, & passant dans l'obscurité, il donna de son épée au travers du corps de ma femme qui étoit
accouruë au bruit qu'elle avoit entendu, & aussi-tôt il tomba mort à ses
pieds. Si son envie étoit de me
tuer de ce coup-là, son souhait fut
accompli ayant bien choisi l'endroit
mortel,

mortel, puisque je vivois plus de la vie
de sa sœur que de la mienne. Sur ces
entrefaites, tous mes gens arriverent
avec de la chandelle, ce que la fortune permettoit pour augmenter l'hor-
reur & la douleur de voir mourir entre
mes bras une personne qui m'étoit si
chere : Aussi - tôt qu'elle fut expirée,
le regret que j'en eus fut si violent que
pour réparer en quelque façon mon
inadvertance criminelle, je fus me remettre entre les mains de la Justice en
m'accusant hautement d'avoir tué ma
femme & mon beau-frere. Après cette déclaration publique de ma faute,
je fus mis en prison pendant que l'on
s'informoit du fait ; mais l'excès de
mon affliction m'aliéna si fort l'esprit,
que l'on fut obligé de me transferer
de la prison ordinaire en celle des in-
sensez, où je servis long-tems d'entretien ridicule à mes ennemis qui ne me
venoient voir que pour se mocquer de
moi : Enfin par la grace de Dieu je me
trouvai guéri de cette infirmité, quoique tout le monde la crût incurable ;
l'on me mit donc en liberté, après m'a-
-voir dépoüillé d'une bonne partie de
mes biens qui furent consommez, tant

S

pour obtenir mes Lettres de rémission
que pour les frais de Justice qui mon-
terent à une somme tout-à-fait considérable.

Dans ce tems-là un de mes Oncles
âgé de soixante-dix ans , & qui étoit
Curé de ce Village , tomba malade
d'une fievre lente, & voulant me ré-
signer sa place d'autant qu'il me voyoit
assez de disposition à cet exercice , il
me fit relever par Sa Sainteté de l'ir-
régularité où j'étois tombé ; ensuite
de cela me présentant pour recevoir
les Ordres , je me rendis capable de
desservir le bénéfice duquel je suis en
possession. Voilà de la maniere que je
suis venu habiter ce séjour champêtre ,
(tout-à-fait à mon humeur) essayant
de m'acquitter de cette charge le plus
chrétiennement & le plus dignement
qu'il m'est possible : Lorsque j'ai quelques heures de libres , je les employe
utilement à la lecture des beaux livres , afin de me rendre d'autant plus
capable d'instruire les ames qui sont à
ma charge : ainsi je passe heureusement
mes jours , en attendant qu'il plaise
à Dieu de m'appeller, & de me faire
rendre compte de mes actions & de

celles du troupeau qu'il a bien voulu
me confier.

Le Soleil ne paroiſſoit plus que ſur
le ſommet des montagnes lorſque ce
diſcours fut achevé, ce qui les obligea tous deux à quitter la fontaine &
à reprendre le chemin du Village, du-
rant lequel Dom Diego ne pouvoit ſe
laſſer d'admirer l'étrange avanture de
ce vénérable Curé, & de loüer la réſolution qu'il avoit priſe de paſſer le
reſte de ſa vie dans cette demeure ſo-
litaire, ſi bien que diſcourant enſemble des félicitez de la vie ruſtique,
ils arriverent inſenſiblement à l'Égli-
ſe qu'ils trouverent ouverte, & comme c'étoit une choſe extraordinaire à
une telle heure, le Curé y entra, où
il apperçut quantité de gens en deüil,
qui venoient d'y apporter le corps du
Seigneur du Village, décedé depuis
peu, & qui étojent en grande diſpute
contre le Vicaire parce qu'ils avoient
trouvé un Cerceuil & un corps étran-
ger dans la Chapelle qui ne devoit être
que pour ceux de ſa famille. Le Curé ayant (avec ſa prudence ordinaire)
modéré le couroux de ces perſonnes,

S ij

Dom Diego entra bien fâché de ce que
ſon trépaſſé ne pouvoit trouver de repos, il ſupplia inſtamment ces Meſſieurs
de lui donner huit jours de tems pendant leſquels il s'offroit de leur prouver
que ſon mort appartenoit indubitablement à celuiqu'ils venoient d'apporter,
& qu'à faute de ne le pouvoir faire, il
leur promettoit de le faire tranſporter
ailleurs : Sa demande lui fut auſſi-tòt
accordée à cette condition. Je ne ſçai ſi
c'étoit un entouſiaſme de prophétie
ou de folie qui le faiſoit parler de cette maniere, car j'ai ſouvent oüi dire
que les fols prophétiſoient ; mais la
ſuite en fera juger le Lecteur. Il eſt
vrai qu'il avoit dit au Curé qu'il ne
s'étoit ſervi de ce ſtratagême que dans
la penſée où il étoit que les gens qui
avoient apporté ce dernier mort s'en
iroient dès le lendemain, & qu'après
leur départ ils pourroient convenir enſemble du lieu où ils mettroient ce
trépaſſé errant qui lui étoit demeuré
ſur les bras, & envers lequel il ſou-
haitoit d'exercer cette derniere action
de pieté.

Tous les Villageois étoient fort triſtes de la mort ſubite de leur Seigneur

que l'on publioit n'être arrivée que par
le regret dont il avoit été faifi pour un
vol que l'on lui avoit fait de la valeur
de vingt-cinq mille écus, tant en argent monnoyé qu'en pierreries d'un
très-grand prix ; & d'autant que c'é-
toit un vol dont il falloit que plufieurs
perfonnes fe fuffent mêlées, ceux qui
étoient habiles à fe déclarer fes héritiers ne le furent pas moins à rechercher ceux qui avoient fait ce larcin fi-
gnalé ; de forte qu'ayant envoyé de
toutes parts des Prévôts & des Archers
il y en eut parmi eux qui ayant trouvé un homme à l'entrée d'un bois, le
prirent par foupçon, tant pour fa mauvaife mine, que pour la réponfe am-
biguë qu'il leur avoit faite ; & l'ayant
foüillé fans paffer plus outre, & trouvé dans fes poches de forts indices d'accufation qui confiftoient en crochets,
en fauffes clefs, en tenailles & en vil-
brequins, le menerent prifonnier au
plus proche Village, & qui fe trouva
être celui où étoit Dom Diego, &
dans lequel il fut mis à la queftion par
ordonnance du Juge, ce qui lui en fit
dégoifer plus que l'on ne vouloit, &
qui l'obligea à découvrir d'étranges fecrets.

Il confessa qu'il s'étoit trouvé avec sept autres à un vol surprenant qui avoit été commis dans la Ville de Madrid dans un Cabinet plein de joyaux & d'argent monnoyé d'une valeur très-considérable : Que pour le pouvoir transporter hors de Madrid plus hardiment & avec moins de péril, quatre de ces fripons s'étoient déguisez en Religieux, & les quatre autres avec des robbes de deüil, de la maniere de celles que portent les gens qui assistent aux enterremens : Qu'ils avoient mis leur butin dans une bierre sur un brancart qui étoit porté par deux mules, le tout couvert de baye noire, feignant que c'étoit un trépassé qu'ils accompagnoient au lieu destiné pour sa sépulture : que cette invention leur avoit très-heureusement réüssi, parce qu'ils alloient au petit pas, & même à la vûë de ceux qui étoient les plus interressez dans cette perte : que lui déposant s'étant endormi à Chetafé, à cause de sa lassitude, où lui & ses compagnons avoient soupé, ils s'en étoient allez sans lui, après lui avoir ôté sa robbe de deüil ; mais qu'étant éveillé, & n'étant pas ignorant du lieu où

ils se devoient rendre, il avoit couru
après eux afin d'avoir la part de ce butin qui lui appartenoit : qu'avant son
arrivée il falloit que ses camarades eussent pris querelle ensemble sur le partage qu'ils en devoient faire, & qu'il
étoit indubitable qu'ils s'étoient bat-
tus à coups de pistolets & de coute-
lats qu'ils portoient sous leurs robes,
puisqu'il en avoit trouvé deux de morts
sur la place, les autres blessez mor-
tellement ; celui-ci un bras coupé, celui-là une jambe cassée ; l'un la tête
fenduë, & l'autre la moitié du visage
emporté : Enfin qu'ils s'étoient tellement acharnez les uns contre les autres qu'il n'y en avoit pas un qui n'eût
laissé des marques de ses blessures avec
beaucoup de sang sur le champ de ba-
taille, & que de plus il les avoit laissez
presque à demi enragez, en s'entre-
donnant dix mille malédictions, parce
que pendant qu'ils s'amusoient à se
battre, un inconnu qu'ils avoient pris
pour tenir la place du déposant, avoit
emmené les mules & le larcin, sans
sçavoir ce qu'il pouvoit être devenu,
& que quand il étoit arrêté, il cherchoit
les vestiges & les traces des mules.

Cette ample déclaration ayant été
faite, le Juge reconnut visiblement que
c'étoit le vol qui avoit été fait au Sei-
neur de ce Village , & qui lui avoit
caufé la mort ; c'eft pourquoi il courut à l'inftant chez le Curé auquel il
conta ces merveilleufes nouvelles en
préfence de notre Avanturier, de quoi
il demeura auffi-bien que fon hôte fi
confus & fi étonné, qu'ils furent quelque tems l'un & l'autre comme immobiles , tant ils étoient furpris de ce que
le Juge leur avoit dit. Étant tout-à-
fait remis de leur étonnement , ils s'en
furent enfemble à l'Eglife , & dans la
Chapelle où repofoient les deux cer-
cueils qui étoient l'un du Seigneur ,
& l'autre du tréfor que Dieu avoit permis par fa toute-puiffance qu'il fuivît
étant mort , d'autant que fon cœur y
avoit été enfermé étant vivant. Après
l'ouverture qui en fut faite en préfence de quantité de gens , l'on ne put
s'empêcher d'admirer la maniere ingé-
nieufe avec laquelle ces voleurs avoient
rangé leur prife , qui confiftoit en trois
chofes fort précieufes & fort recher-
chées dans le tems où nous fommes ,
qui font l'or , l'argent & les pierreries.
Ce

Ce fut alors que Dom Lucifuge trouva clairement l'explication de l'énigme du faux Religieux, qui avoit dit à l'Archer qu'ils avoient trouvé à Chétafé, que ce qu'ils conduisoient étoit un corps aussi précieux que l'or & l'argent, & il s'applaudissoit en lui-même de ce qu'il avoit prophetisé une fois en sa vie, lorsqu'il avoit dit que son trépassé étoit proche parent du Seigneur défunt, & qu'il s'étoit de plus obligé de le prouver dans la huitaine, ce qu'il fit très-autentiquement, y pouvant même ajoûter que c'étoit son bien-aimé, puisqu'il étoit mort pour l'amour de lui. L'on dépêcha aussi-tôt & en diligence un Courier au Gentilhomme héritier du défunt, qui ne tarda pas à venir avec le Messager, & de se mettre en possession d'un héritage si agréable ; mais voulant user de miséricorde envers le prisonnier qui étoit la seule cause du recouvrement de cette perte, il ordonna au geolier de faire en sorte que ce misérable se pût sauver par son moïen, & de ne point l'observer, comme il faisoit les autres, ce qui fut exécuté comme il l'avoit commandé.

T

Ne restant plus à ce Gentilhomme qu'un desir passionné de reconnoître notre Avanturier, soit en lui faisant un présent, ou du moins en le
remerciant de ce que par son moyen,
& accompagné de sa bonne fortune
ce trésor avoit mouillé dans un si heureux port; il le vint trouver chez le
Curé, lui faisant offre de tout ce qu'il
pouvoit souhaiter dans la succession
qui lui venoit d'être si subitement,
& si extraordinairement renduë; mais
Dom Diego qui avoit le cœur noble
& généreux, le remercia & lui offrit ses services, en évitant depuis la
rencontre de ce Gentilhomme, qui
paya libéralement tous les frais qui
avoient été faits, donnant les deux mules au Curé, qui n'osa pas refuser
un présent qui venoit de la part de
son Seigneur, quoiqu'elles ne lui ap-
partinssent pas. Cela étant fait, cet
héritier reprit joyeusement la route
de Madrid, accompagné du corps précieux, dans le dessein de l'inhumer
dans un autre sépulchre, qui ne pouvoit être que ses coffres.

Pour Dom Diego, se contentant
du dessein qu'il avoit formé d'aller à

Tolede, il ne paſſa pas plus avant ;
mais à la priere de cet incomparable
Curé, il demeura preſque une ſemai-
ne avec lui, paſſant le tems à diſcou-
rir du ſouverain bien de l'homme,
& du repos de ceux, qui étant entierement détachez des affections mondaines, goûtent à longs traits les véritables douceurs de la vie. Le jour
que notre Avanturier avoit deſtiné
pour partir, étant arrivé, le Curé
ne le voulut point laiſſer aller qu'il
n'eût auparavant accepté la moitié du
préſent que l'héritier du tréſor lui
avoit fait, comme étant l'unique cauſe de cette libéralité ; Dom Diego
qui avoit le cœur grand le refuſa ;
mais enfin il ſe trouva contraint plûtôt par complaiſance que par avarice,
de prendre une des mules, & s'em-
braſſant ils ſe quitterent avec beaucoup de témoignages d'affection, s'é-
tant promis réciproquement de s'é-
crire le plus ſouvent qu'ils pourroient.
Lucifuge s'engageant de lui faire part
des nouvelles de la Cour, étant bien
perſuadé qu'il n'y a point de diver-
tiſſement plus agréable pour ceux qui
ont quitté le monde, & qui con-

T ij

noiſſent particulierement ceux de qui
on parle : ce fut dans cette eſpérance
que ce Curé modéra le déplaiſir qu'il
reſſentoit de cette ſéparation ; & le
deſir de voir Madrid fit éprouver à
Dom Diego ſi la mule avoit de bonnes jambes.

NEUVIE'ME

AVANTURE.

L eût été fort néceſſaire à Dom Diego d'avoir fait un plus long ſéjour avec ce vénérable Eccléſiaſtique, puiſque ſa douce converſation eût peut-être été capable par la ſuite de changer ſa coûtume extravagante; d'autant que la fréquentation des gens de bien eſt capable de nous exciter à les imiter; mais ſon eſprit toûjours libertin, ne pouvoit aucunement ſe réſoudre à demeurer dans la modeſtie, ni à trouver du plaiſir dans les honnêtes compagnies, quoiqu'il y réüſſit des mieux quand il s'y rencontroit; outre un peu d'étude qu'il avoit, ſa mémoire étoit ſi excellente, & une ſi grande facilité à s'énoncer en termes élégans, que ces qualitez rendoient ſa converſation tout-

à-fait agréable ; néanmoins son naturel avoit tant d'averfion pour la fo-
cieté civile, qu'il évitoit autant qu'il
pouvoit la compagnie de ceux qui en
faifoient profeſſion , n'aimant à han-
ter que des jeunes éventez comme lui,
ou pour mieux dire, des lutins folâ-
tres , qui ne paſſoient leur tems qu'à
battre le pavé & à rôder toute la nuit
de ruë en ruë, dans le deſſein de tourmenter ceux qui ne defiroient que le
repos. Dès le moment qu'il fut arrivé
à Madrid , il ne manqua pas de le faire ſçavoir à tous ſes Camarades, les
priant de ſe trouver à un certain rendez-vous , où ils avoient coûtume de
s'aſſembler pour renouveller la connoiſſance, & ſe reconnoître au milieu
du vin. Une dixaine de cette bande
de chercheurs de bonnes fortunes à
tâtons, ſe rendirent inceſſamment au
lieu deſtiné, où ils fouperent enſemble à la flamande, c'eſt-à-dire chacun
pour ſon écot , afin que vivant dans
cette liberté, il ne ſe trouvât perſonne de ſurchargé , & que l'on ne fût
point obligé de faire compliment à la
fortie.

Ayant donc folemnifé ſon heureux

retour par les facrifices de Bacchus &
de Momus , les deux Divinitez auf-
quelles ils avoient une dévotion particuliere ; ils fortirent tous enfemble
avec des guitarres , dans la réfolution
d'aller donner des férénades à leurs
maîtreffes & des réveils matin à tel
qui eût bien plus volontiers donné fes
yeux à Morphée que fes oreilles à Orphée : comme il arriva entr'autres à un
certain Apoticaire , qui leur fervit de
divertiffement , & les défraya à rire
cette nuit-là , à la place d'un autre perfonnage , contre le repos duquel ils
avoient confpiré ; d'autant qu'ayant
appris qu'il étoit parti de Madrid , ils
firent tomber l'orage de leur infolence
fur ce pauvre Pharmacien ; devant la
boutique duquel ils fe trouverent fans
y penfer , outre que Dom Diego fe
reffouvint qu'il lui en devoit. La raifon étoit , que cet Apoticaire étant
proche voifin de notre Avanturier ,
lorfqu'il tomba malade après le décès
de Dom Leandre , & que Sirene fe fut
renduë Religieufe , & qu'il fe fervoit
d'un autre Apoticaire. Ce drolle-ci ,
par envie , ou dans le deffein de faire
piece à Dom Diego , ne faifoit autre

chose tout le long du jour que de carillonner ou faire carillonner sur son
mortier, employant plus de tems à ses
chamades & ses brimballemens qu'à
battre ses poudres ; ce qui étoit d'autant plus croyable que le son aigu &
éclatant du mortier faisoit assez soupçonner qu'il n'y avoit rien dedans, ou
du moins fort peu de chose, de sorte
que notre malade extrêmement impor-
tuné de cet horrible tintamarre, l'aïant
envoyé supplier de vouloir un peu modérer son bruit, il n'en avoit pû tirer
d'autre réponse, sinon, que chacun
étoit maître dans sa maison en payant,
& y pouvoit faire tout ce qu'il lui
plaisoit : qu'il étoit nécessaire qu'il
travaillât, qu'il vouloit gagner sa vie
& celle de sa famille, & que quand
il n'auroit point de quoi subsister, ce
ne seroit point le Seigneur Dom Diego qui lui en donneroit, outre une
quantité d'autres paroles aussi auda-
cieuses que sottes ; jusques-là que notre Avanturier se trouva contraint,
tant par son crédit, que par celui de
ses amis accompagné d'argent, de le
faire déloger de cette maison, comme
n'en étant que locataire ; quoiqu'il ne

pût avoir ce contentement que fur la fin de fa maladie, & après avoir fouffert tout ce qu'il avoit plû à ce criminel complice des Médecins, & ne fe trouvant point affez pleinement vangé de l'infolence de ce Moufquetaire à genoux, il fe mit en fantaifie, étant tout porté fur les lieux de lui faire une niche dont il pourroit par la fuite très-bien fe reffouvenir.

Enfin notre gaillard & déterminé Dom Lucifuge, l'efprit émû par les entoufiafmes Bachiques, d'où proviennent ordinairement la plûpart des merveilleufes conceptions que l'on attribuë fans raifon aux infpirations d'Apollon & des neuf Mufes, pria inftamment fes compagnons de faire alte, & s'avançant dix ou douze pas devant eux, il heurta affez rudement à la porte de cet Apoticaire, lequel étoit fur le point de fe mettre au lit, & avec qui il forma cet extraordinaire & plaifant difcours.

L'APOTICAIRE.

» Qui eft-là ! qui eft celui qui heurte *in portam meam* avec tant d'accélération & à une heure fi induë !

» il faut affurément que ce foit des
» *infipientes*, ou des Judicatifs Officiers ,
» puifqu'il eft *probabilis* que d'autres
» *homines* ne l'oferoient faire fi tard :
» hoüai.

DOM DIEGO.

» Monfieur, faites-moi la grace de
» me dire où demeure un certain Apo-
» ticaire , & prefque demi Docteur ,
» que l'on appelle Maître Robert.

L'APOTICAIRE.

» Comment , Maître Robert ! ap-
» prenez , *ignorantiffimi* , qu'il eft bien
» Docteur *omninò*, de même que Mon-
» fieur pour vous ; & que c'eft céans
» auffi-bien que lui qui parle à vous
» *in propria perfona* : dépêchez-vous de
» dire fans aucune prolixité ce que
» vous demandez ; car j'ai beaucoup
» plus d'envie d'aller au dortoir qu'au
» locutoir.

DOM DIEGO.

» Monfieur, je vous demande par-
» don de tout mon cœur : eft-il pof-
» fible que ce foit vous en propre per-
» fonne ! Hé, Monfieur , je vous prie

» de ne vous point mocquer de moi,
» d'autant que je suis plus pressé que
» vous ne le pouvez penser , & qu'il
» m'est d'une grande conséquence de
» parler à lui-même. Hélas, le pau-
» vre Cavalier, il est indubitable qu'il
» mourra de ce coup-ci , à moins que
» vous ne soyez prompt à le secourir
» Hé , ouvrez donc, Monsieur, pour
» l'amour de Dieu.

L'Apoticaire.

» *Nescio vos ,* je n'ouvre point *meam*
» *januam* à de pareilles heures, dites-
» moi seulement ce que vous voulez,
» & parlez avec plus de clarification ,
» car je n'entens quasi pas la moitié
» de vos locutions , ni n'en sçaurois
» comprendre la signifiance.

Dom Diego.

» Hélas , mon Dieu : Quoi il faut
» donc qu'il meure sans pouvoir être
» soulagé ? je vois bien qu'assurément
» vous n'avez pas encore pris le soin
» de préparer cette médecine , de la-
» quelle le Médecin nous a dit vous
» avoir écrit, & laissé le récipé.

L'Apoticaire.

» A la bonne heure , & *Deo gratias*
» je commence à vous apercevoir intel-
» ligible : n'eſt-ce pas pour ce Cavalier
» Napolitain , qui eſt tourmenté d'une
» obſtruction , ou bien d'une douleur
» d'eſtomach !

Dom Diego.

» Et oüi , oüi , Monſieur , c'eſt lui-
» même.

L'Apoticaire.

» Comment ſeroit-il poſſible qu'il
» fut ſi preſſé ! le Muet même m'avoit
» dit que le Médecin ne l'avoit ordon-
» né que pour Jeudi ſeulement , qui
» ſera *perindino die.*

Dom Diego.

» Pour le Jeudy ! helas , Monſieur ,
» que dites-vous ! Votre Serviteur s'eſt
» indubitablement trompé , & je pré-
» voi bien qu'il faudra que le pauvre
» Cavalier en paye l'abus aux dépens de
» ſa ſanté , & même de ſa vie.

L'Apoticaire.

» Mon ami, ne vous attiediſſez point,
» *& non fumetis* , je m'en vais m'habiller
» avec propération & diligence , ſoyez
» perſuadé que devant qu'il ſoit un bon

» quart-d'heure , la compofition fera
» toute expédiée , & que ce fera affez
» à tems pour alléger le malade s'il plaît
» à Dieu.

DOM DIEGO.

» Dépêchez-vous donc , au nom de
» Dieu , mais non pas avec tant de pré-
» cipitation , que vous ne preniez un
» *qui pro quo* ; car vous fçavez bien que
» ce Cavelier eft un homme qui ne
» manquera pas de reconnoître vos pei-
» nes : adieu , Monfieur , je m'en vais
» lui dire , que vous me fuivez.

L'APOTICAIRE.

» Allez , allez , je fuis très-certain
» qu'il n'y a que vous qui doutiez de
» ma fuffifance ; mais j'ai affez d'huma-
» nité pour excufer votre ignorance.

Dom Diego feignit auffi-tôt de s'en
retourner avec viteffe , en battant rudement le pavé de fes pieds , & s'écar-
tant cinq ou fix pas , il revint tout courr
fe raprochant tout doucement de la
boutique , où il entendit cet excellent
empoifonneur qui appelloit fon Valet , & qui lui parloit ainfi : « Hola ,
» hola , Garçon , où as-tu mis cette po-
» tion laxative que j'avois expreffément

» préparée pour ce malade qui mourut
» avant hier pendant que je la lui por-
» tois ; elle fera bonne pour celui-ci,
» puifque c'eft quafi le même mal, il
» ne faudra que la verfer dans le petit
» mortier & y mettre en infufion un
» peu de *ped, chod, got, bet*, avec une
» dragme de *hurlupion humius, & fiat*
» *miftio*, allons vîte, vîte, dépêchons-
» nous : » Dom Diego ne put à ces
mots s'empêcher de rire, de forte qu'il
fut obligé de quitter la place, de peur
de gâter tout le miftere, & s'en fut rejoindre fes compagnons, qui ayant ouï
& vû partie du dialogue, admiroient
l'invention dont il s'étoit avifé fi fubi-
tement fans leur en avoir rien dit, &
de s'être mis en tête d'aller attaquer cet
Apoticaire en lui donnant cette caffa-
de, & enfin de la vivacité de fon efprit
qui avoit formé la fourbe & l'avoit fi
bien accommodée aux propos que cet
homme lui avoit tenus. Notre Avanturier leur fit enfuite le récit du comman-
dement que cet impertinent Droguifte
avoit fait à fon Valet, & des termes
dont il s'étoit fervi pour lui dire ce
qu'il devoit mettre dans la compofition
de cette médecine ; ce qui les obligea

de faire autant de signes de croix qu'ils
donnerent de malédictions au Pharmacien & à la Pharmacie : & souhaitant
de voir la fin de la piece, ils se mirent
au coin d'une rue afin de le guetter &
de le suivre quand il sortiroit, pour sçavoir quel pouvoit être l'infortuné malade qui devoit prendre le médicament
& boire la faute dont ils étoient tous
les complices.

Ils avoient à peine attendu un demi
quart-d'heure, que ce bourreau sortit
de son logis chargé de la phiole où étoit
le ſ ſain, & du goblet pour l'avaller,
recommandant à son Valet de bien
prendre garde avec sa lanterne où étoit
la maison de ce malade. Si bien que l'a-
yant suivi un assez long chemin, ils le
virent entrer chez le Napolitain après
avoir néanmoins heurté assez long-
tems, d'autant que l'on ne l'attendoit
nullement. Ce Gentilhomme étoit un
corps infirme âgé de plus de soixante
ans, entierement abandonné aux volontez des Médecins & des Apoticai-
res ; mais quoiqu'il fut mal sain, il é-
toit encore beaucoup plus malade d'i-
magination que d'effet, ce qui faisoit
extrêmement de peine à ceux qui en

avoient foin; la mélancolie le dominoit
fi puiffamment qu'elle le faifoit aller
jufques audelà de la fuperftition, ayant
été tout prêt à rechercher fon foula-
gement dans les charmes & dans les
fortileges , fi fes amis qui vouloient
l'empêcher de commettre une fi grande faute, ne l'en avoient diffuadé en lui
confeillant de faire encore une nouvelle confultation de deux des plus experts Médecins avec le fien, dans laquelle il fut réfolu qu'il feroit purgé
trois jours après , qui devoit être le
Jeudi : l'envie de guérir étoit fi grande
dans ce malade prefque imaginaire,
qu'il adhéroit à tout ce que l'on vouloit de lui , & il avoit une foi fi forte
dans les médicamens , que l'efpérance
qu'il avoit d'y trouver la délivrance de
fes maux , lui faifoit boire les plus ame-
res & les plus dégoutantes médecines ,
de même que fi c'eût été de l'hipocras
ou de l'ambroifie.

Et comme il étoit très-exact à l'exécution des ordonnances de fon Médecin , & à prendre fes médecines aux
heures que l'on lui avoit marqué , il a-
voit un Valet de Chambre au foin & à
la fidelité duquel il fe confioit, qui
n'avoit

n'avoit point d'autre charge que celle
de prendre les recipez, & les porter à
l'Apoticaire, fans que pas un autre do-
meftique osât s'en mêler. Cet homme
de chambre ayant vû que la derniere
confultation des Médécins donnoit un
peu de relâche à fon Maître, ne lui
ayant rien ordonné de trois jours, prit
fon tems pour aller rendre vifite à une
certaine Fille qu'il aimoit, & que le
malheur voulut que ce fut pendant ce
tems-là que l'Apoticaire portât fon excellente médecine : de forte que les autres Serviteurs s'imaginerent de même
que le Malade, qu'il falloit que le Médecin eût jugé à propos de lui donner
quelque médecine par avance, dans le
deffein de le difpofer d'autant mieux
à la purgation générale, l'abfence du
Valet de Chambre leur faifant croire
auffi qu'il étoit allé en avertir l'Apoticaire, & qu'en revenant il s'étoit amu-
fé en quelqu'endroit. Si bien que le
pauvre Napolitain, fans autre information, prenant le goblet avec joye,
avalla ce dangereux breuvage.

Pendant ce tems-là notre Avanturier & fes fupôts étoient dans la ruë,
l'efprit occupé de différentes penfées,

V

les uns riant de cette action, & les autres la blâmant, par la prévoyance des
inconvéniens qui en pouvoient arriver; mais enfin les moins fols de la
bande fçûrent fi bien perfuader les
autres, qu'ils les obligerent de fe retirer & de fe contenter pour ce coup-là,
en remettant au jour fuivant à s'informer du fuccès de cette purgation diabolique, qui vangeoit Dom Diego
fur le corps d'un innocent : fortant de
cette ruë, ils s'apperçûrent que leur
compagnie n'étoit pas complette,
puifque de neuf qu'ils étoient, il ne
s'en trouvoit plus que huit, cela les
mit fort en peine, lorfqu'un d'entr'eux, qui fçavoit les fecrets, & qui
étoit confident de celui qui s'étoit abfenté, leur apprit qu'il étoit allé dans
un lieu où l'efcorte lui étoit tout-à-
fait inutile, & qu'ainfi ils ne devoient
point s'en mettre en peine.

Pour fatisfaire plus amplement le
Lecteur, il eft néceffaire de fçavoir
que Maître Robert, ce fameux Apotiquaire, étoit pere d'une fille dont la
beauté pouvoit aller de pair avec les
plus charmantes de la Ville ; & la connoiffance qu'elle avoit des graces que le

Ciel lui avoit faite, la rendoit si pré-
fomptueuse & si vaine, qu'elle s'eftimoit
beaucoup plus que ce qu'elle n'étoit en
effet; & quoique fon extraction fut des
plus baffes, elle ne laiffoit pas néanmoins d'avoir le cœur grand, & d'af-
pirer à quelque fortune confidérable,
ce qui lui faifoit méprifer les recherches de ceux qui n'excédoient point
fa condition, quelques riches qu'ils
puiffent être, ne fe plaifant qu'à être
cajollée par des Gentilshommes, gar-
dant cependant un empire fi puiffant
fur fes actions, que l'on peut certai-
nement dire avec juftice, que pas un
de ceux qui la converfoient ne pouvoient fe vanter d'en avoir reçû la
moindre faveur. Elle vécut affez long-
tems dans cette humeur, tant qu'enfin Riodan, ce camarade de Dom
Diego, qui s'étoit éclipfé de la compagnie, charmé des mérites de cette
fille, avoit été affez adroit, ou pour
mieux dire affez heureux, que par
l'entremife de la fervante de Maître
Robert, à laquelle il faifoit des pré-
fens à toute heure, il avoit eu accès
auprès de la belle Dorothée, ainfi s'appelloit cette fille : il eft vrai auffi qu'à

parler en gens du monde, il étoit doüé
de qualitez dignes de faire excufer les
fautes amoureufes, qu'une fille pouvoit commettre pour fon fujet.

Ayant donc été un des conviez à
l'affemblée qui fut faite à deffein d'honorer le retour de notre Avanturier,
il fe trouva auffi obligé, par bienféan-
ce, d'aller à la promenade avec eux
après le fouper, ce qu'il ne fit que
dans l'intention de quitter ce fade
paffe-tems, & de fe défaire de cette
compagnie pour en aller trouver une
qui lui étoit beaucoup plus agréable,
qui étoit celle de la charmante Dorothée, dont la fervante, qu'il payoit
fi libéralement, lui avoit fait efpérer
la joüiffance cette nuit-là; de forte
que voyant qu'ils prenoient le chemin
du quartier où il avoit affaire, il les
fuivit avec plaifir; mais fa joye fut encore bien plus grande lorfqu'il apperçût que Dom Diego prenoit cette
boutade contre le pere de fa Maîtreffe,
auffi fut-il celui qui loüa avec plus
d'exagération l'action de notre Avanturier, puifqu'en effet il fembloit que
le Ciel lui eût infpiré ce caprice tout
exprès pour favorifer fa bonne fortune,

& que la médecine qu'il demandoit
avec tant d'inftance, ne fut compofée
qu'à deffein de modérer fon inquiétude amoureufe.

Auffi-tôt que Riodan eût vû fortir
l'Apoticaire, il ne manqua pas de
laiffer aller fes compagnons, & de demeurer en fentinelle en attendant le
fignal que la fervante lui devoit donner; & pour augmentation de fon bonheur, l'affignation qui lui avoit été
donnée, arrivoit juftement à l'heure
que Maître Robert fortoit de chez lui,
de même que s'il eût voulu contribuer de fa part, à la félicité de cet
Amant. A peine fut-il au bout de la
ruë, que cette confidente, autorifée
du confentement de Dorothée, parût
à la porte, laquelle prenant Riodan
par la main, le mena comme un aveugle & un muet jufques dans la chambre de fa Maîtreffe, ce filence fe devant
obferver de crainte de réveiller la femme de l'Apoticaire; notre amoureux
trouva de la chandelle allumée dans
cette chambre, & Dorothée affife fur
le pied de fon lit à demi-deshabillée,
laquelle feignant à fon abord d'être
furprife, & de vouloir gronder fa fer-

vante, elle se leva, laissant tomber à
dessein le peignoir qu'elle avoit sur le
sein, & faisant voir à son Amant des
merveilles qu'il n'avoit jamais vûës,
quoiqu'elle mit les mains dessus, en
faisant semblant de les vouloir cacher.
Riodan, qui n'étoit point si niais ni
si peu expérimenté qu'il ne connut
bien sa finesse; néanmoins elle avoit
fait cette action de si bonne grace, qu'il
en demeura extrêmement satisfait, &
s'approchant avec toute sorte de respect, il essaïa de lui faire des excuses
de sa hardiesse, & de l'obliger à lui accorder quelque faveur; mais elle prenant le parti de faire la froide & la dis-
simulée, le pria de se retirer comme il
étoit venu, lui remontrant que son
honneur lui étoit trop cher pour se résoudre à le perdre si lâchement, &
que quoiqu'elle ne fut point de sa qualité, il ne devoit jamais rien espérer
d'elle que par des voïes licites & per-
mises.

Riodan voulant faire voir qu'il ap-
prouvoit la résolution vertueuse de sa
bien-aimée, lui fit les plus honnêtes
complimens que son esprit lui pût
fournir, d'autant qu'il l'avoit très-

bon , & qu'il fçavoit s'expliquer fort
énergiquement , & lui offrit enfuite
de lui donner toutes les affurances
qu'elle voudroit , par où il pouroit lui
marquer la fincérité de fa paffion , &
que fi elle vouloit fe contenter d'une
promeffe de mariage , il étoit tout
prêt de lui en figner une. Dorothée
qui avoit déja de tendres fentimens
pour lui , & qui ne demandoit qu'un
prétexte honnête pour contenter fes
defirs , le prit auffi-tôt au mot , en lui
préfentant du papier pour effectuer fa
parole. La fervante ayant mis un gros
encrier de plomb extrêmement pefant
fur le bout de la table , qui fembloit
lui fervir de pronoftic de la charge qu'il
s'alloit mettre fur les épaules ; dans le
même-tems , fans autre cérémonie , il
prit la plume , & écrivit de fa propre
main la fentence de fa condamnation ;
mais étant tout prêt à la figner , & fe
tournant vers Dorothée qui fourioit ,
tant elle étoit glorieufe , & contente
de le voir fi prompt à faire cette action,
& voulant dans le même-tems porter
la main à l'encrier , il le fit par malheur
tomber fur un gros mortier de fonte
qui étoit au pied de cette table.

Cet accident fut un coup de poignard dans le sein de l'amoureuse Dorothée, & un bruit pareil à celui que
fait le batant d'une grosse cloche, ce
qui éveillant sa mere, la contraignit
de s'asseoir sur son lit pour entendre
d'où ce bruit pouvoit-être provenu,
& voyant de la lumiere dans la chambre de sa fille, elle l'appella, & se leva
en même-tems, quoiqu'avec peine,
d'autant qu'elle étoit extrêmement
vieille. Dorothée craignant qu'elle ne
vît Riodan, le poussa justement hors
de sa chambre dans le tems que sa mere
y entroit; ce qui effraya si fort cette
bonne femme, qu'elle se laissa tomber
en criant : *Justice, justice.* La fille cependant toute troublée de cet accident, &
dans l'appréhension du retour de son
pere, qu'elle craignoit plus que la
mort, se résolut d'abord de quitter la
maison, & de s'abandonner à la conduite de son Amant, tant elle se confioit à sa foi & à sa discrétion, ce
qu'elle exécuta. La servante, média-
trice de leurs affections, s'enfuïant
avec eux, & laissant sa vieille Maîtresse par terre, qui s'égosilloit à force de
crier au secours, n'étant pas capable
de

de pouvoir faire d'autre diligence ;
ayant néanmoins à la fin éveillé une
partie de ſes voiſins, un compere de
ſon mari y vint entr'autres le premier,
lequel avoit véritablement la figure
d'Adam ou de Mars tout nud, ayant
une épée dans une main & une rondache en l'autre. Cet homme ſe mit à
chercher & à fureter tous les coins,
les trous & les cavaux de la maiſon ;
mais ſa peine ne put ſervir qu'à épouvanter les chats & à rompre les toiles
d'araignées.

L'infâme Pharmacien, pere de Dorothée, ayant laiſſé ſa compoſition diabolique dans le corps du Cavalier Napolitain, revint chez ſoi bien étonné
de trouver tout en déſolation, ſa femme à demie-morte, & ſes amis à l'entour d'elle qui faiſoient leur poſſible
pour la conſoler. On lui conta le ſujet
de ces étranges allarmes, au récit deſquels il reſſentit une douleur ſi violente, qu'il en demeura quelque tems
immobile & comme inſenſible. Mais
laiſſons-les reprendre leurs eſprits entre les bras de leurs voiſins, pour voir
quel fut l'effet de cette purgation
extravagante compoſée par l'ingénieu-

X

se malice de Dom Diego, & prise avec
tant de simplicité & d'innocence par
le pauvre Gentilhomme Napolitain.

Il arriva donc que comme cette Médecine étoit de vieille date, composée
de pernicieuses drogues, & donnée sans
que le corps y eut aucune préparation,
par les apofêmes & les juleps, outre
qu'elle avoit trouvé l'estomach du malade encore tout rempli du souper pré-
cédent : Le malheureux Cavalier en
fut autant tourmenté que s'il eût avalé
des chats en vie, qui lui arrachoient
& qui lui déchiroient les entrailles. Il
ne crioit sans cesse autre chose, que
miséricorde, miséricorde, & disoit à tout
moment : *O hime questo cane traditore
m'ha morte* ? Et passa tout le reste de la
nuit dans ces cruelles douleurs, jusqu'à ce que sur les huit heures du
matin son Valet de Chambre étant revenu, se trouva dans une extrême surprise de voir son Maître dans des gé-
missemens si effroyables auquel tous
les domestiques compatissans, lui re-
procherent que c'étoit lui qui en étoit
la cause, puisqu'il avoit envoyé l'A-
potiquaire qui avoit mis leur cher Maître en cet état ; à quoi il répondit avec

mille fermens & avec mille imprécations, qu'il ne fçavoit rien de ce qu'on
lui difoit, que c'étoit l'accufer à tort,
& qu'il falloit affûrément que ce malheur fut arrivé, ou par la malice, ou
par l'ignorance de l'Apoticaire, puifque l'on le voyoit continuellement blâmer les Medecins, & les accufer de ne
pas ordonner les remedes qui étoient
propres à la guérifon du malade ; &
qu'ainfi il pouvoit bien avoir compofé
cette médecine de fon feul caprice, &
fans en avoir pris l'avis du Médecin,
s'étant peut-être mis en tête de faire
quelque miracle, dans l'efpérance d'en
être prodigalement récompenfé ; un
chacun jugeant que cette penfée étoit
vrai-femblable & bien fondée. Mais
pendant qu'ils en difcouroient, le Médecin ordinaire du Gentilhomme entra (car il faut remarquer qu'il le vi-
fitoit fouvent, par la raifon qu'il donnoit le double de ce que donnoient les
autres) auquel on demanda auffi-tôt
s'il avoit fait une nouvelle ordonnance
pour le malade, à quoi ayant répon-
du que non, il lui tâta le poux, & s'é-
tant informé du fait, il en fut extrêmement fâché : de forte qu'après

X ij

avoir donné au Cavalier de quoi diffi-
per le venin qu'il avoit dans le corps,
& l'avoir peu à peu délivré des maux
qu'il reſſentoit, il s'en fut avec l'Infirmier faire rapport de la témérité de
nôtre Apoticaire devant le College de
la Faculté, ou ſi vous voulez, l'aſſem-
blée des Médecins, leſquels en ayant
porté leurs plaintes aux Magiſtrats, en
repréſentant combien le Public étoit
intereſſé dans ces ſortes d'actions, il fut
décreté de priſe de corps contre l'infortuné Maître Robert. Retournons,
s'il vous plaît, voir en quel état il eſt,
& ce qu'il a fait depuis qu'il eſt arrivé
chez lui.

Après avoir ſouffert les plus violens
efforts de ſon affliction, il reprit courage, & ſe réſolut de travailler vigou-
reuſement à la réparation de ſon honneur prétendu, & de prendre une vengeance notable de l'affront qui lui avoit
été fait; & ruminant & repenſant avec
loiſir à cette affaire, il s'alla mettre
dans l'eſprit qu'Agrimont Valet de
Chambre du Napolitain, devoit aſſu-
rément être l'Auteur d'une telle injure, & que pour parvenir plus facilement à ſes fins, il lui avoit fait dire de

dépêcher cette médecine, & de la porter, quoi qu'elle ne dût pas être prise
ce jour-là, pour qu'après l'avoir fait
sortir de chez lui, il pût plus facilement joüer son rôle. Il se ressouvint
aussi qu'il lui avoit toûjours dit beaucoup de loüanges de sa fille, & lui avoit
déclaré qu'il étoit d'intention à lui offrir ses très-humbles services ; joint à
cela, qu'il n'avoit point paru auprès de
son Maître, lorsqu'il lui fit avaler ce
médicament ; ce qui est contre le droit
de sa charge, de même que contre le
soin ordinaire, dont il avoit accoû-
mé de s'acquitter. Toutes ces circonstances assemblées, il conclud que ce
ne pouvoit être qu'Agrimont qui avoit
enlevé sa fille.

Avec cette imagination il courut in-
cessamment chez un Officier du Lieu-
tenant Criminel, auquel il conta l'affaire, & le soupçon qu'il avoit conçû
contre cet homme de Chambre, &
comme la plus legere apparence suffit à
ces sortes de gens pour former un grand
crime, & pour rendre coupable les
plus innocens ; cet Officier dépeignit
si bien l'histoire, avec le pinceau de sa
sanglante plume, & y mêla tant de

X iij

couleurs fcandaleufes, que l'ayant préfenté aux Juges en forme de Procès
verbal, ils ordonnerent auffi-tôt que
l'accufé feroit emprifonné, aux fins
de répondre au cas à lui impofé. Ce
Pharmacien diabolique, ufant de toute
la diligence & de toute la libéralité
poffible dans fa pourfuite, fit qu'en peu
de tems l'ordonnance en fut exécutée;
& mettant quantité d'Archers à la prife de l'innocent Agrimont, il le fit
prendre avec beaucoup de fcandale, quoiqu'il ignorât le fujet qui obli-
geoit la Juftice à le traiter de cette
maniere. Mais la Providence Divine
permit qu'il en fut vangé prefque dans
le même moment, d'autant que le
Médecin qui avoit porté fa plainte
contre Maître Robert, exécuta paréil-
lement fon decret; de forte qu'ignorant de même qu'Agrimont la caufe
de fon emprifonnement, & s'imaginant que l'on le prenoit pour un autre,
il ne ceffoit de protefter, &'d'appeller
les Juges & les Archers à partie : quoi
que malgré tout ce qu'il pût dire, Robert ne laiffa pas d'être mis en cage. Ses
amis étant venus lui rendre vifite, &
lui ayant appris la raifon de fa déten-

tion, & à la requête de qui il étoit
emprifonné, il conclud tout aufli-tôt
que ce ne pouvoit être qu'une vengeance du Napolitain, qui prétendoit
de défendre & de délivrer fon Valet
de Chambre. Notre miférable compo-
feur de broüillamini, fe voyant accablé de tant de défaftres dans fes vieux
jours; & fe trouvant de plus engagé à
plaider contre une fi puiffante partie,
perdit enfin courage, & en gagna une
fiévre chaude, qui penfa lui troubler
l'efprit en confommant le corps.

D'un autre côté Agrimont fe voyant
pris en qualité d'écheleur de maifon,
& accufé d'avoir commis un rapt en la
perfonne d'une fille d'honneur, commençoit aufli à incliner à l'extravagance de même que fa partie. Quoy-
que le mal du Napolitain augmentoit,
par le déplaifir de voir en peine un garçon, de qui il ne fe pouvoit paffer, il
pourfuivoit cependant vivement à
force d'argent la délivrance de fon
infirmier, & le châtiment de fon Apoticaire. Bref ils furent quatre jours en-
tiers dans des agitations, & dans des
peines fi extraordinaires que peu s'en
falut que la folie aufli-bien que la

mort, ne joüaſſent de partie avec eux ;
tant que toutes ces intrigues ſe démê-
lerent par un de ceux qui avoit aidé à
les tramer.

Le nouveau Paris raviſſeur de la
nouvelle Helene, étoit avec elle à Tolede, où il avoit métamorphoſé en effet les moindres paroles de la promeſſe
qui étoit demeurée à ſigner, & avoit
déja donné à Dorothée le baiſer & la
main en qualité de mari ; lequel étant
averti de tout ce qui ſe paſſoit à Madrid, & de ce qu'enduroit tant de perſonnes à ſon occaſion, il écrivit au Sire
Robert, en lui faiſant l'honneur de
l'appeller ſon beau-pere, & lui mandant l'heureux ſuccès de ſon raviſſe-
ment, de même que l'eſtime qu'il faiſoit de ſa fille, de qui la ſageſſe & la
bonté l'engageoient juſqu'à un tel
point, qu'il l'aimoit beaucoup plus
que lui-même, & qu'il avoit autant de
reſpect pour elle, qu'il en pouvoit avoir
pour une des premieres Princeſſes du
monde ; & pour concluſion, qu'il eſ-
péroit dans peu de jours de la lui mener extrêmement contente, afin qu'en
lui demandant pardon de ſa faute, il
agréa lui & ſa femme l'alliance qu'elle
avoit contractée.

Notre Apoticaire sans sucre eut une si agréable satisfaction de la lecture de cette lettre, qu'ayant manqué de mourir de tristesse pour la perte de sa fille, il pensa mourir de joye la sachant glorieusement retrouvée; ce qui l'obligea aussi-tôt de donner une déclaration, par laquelle il déchargeoit Agrimont de ce dont il l'avoit accusé, se désistant de toutes ses poursuites, & se soumettant à payer & à rembourser tous les frais faits à cette occasion, même à lui faire réparation d'honneur de la maniere qu'il le souhaiteroit. Ensuite de cet acte, Agrimont sortit de prison, quoique Maître Robert fut obligé d'y rester, afin de rendre raison, comme un dangereux Cuisinier, de la sausse qu'il avoit fait avaler au Cavalier Napolitain. Sa simplicité fut néanmoins reconnuë à force de perquisitions, & d'autant plus qu'il y avoit trop de témoins de l'action de Dom Diego, qui publierent parmi la Ville, qu'il avoit été l'inventeur de cette fourbe; de sorte que Riodan survenant là-dessus, & ayant été un des complices de cette débauche, il employa son crédit, de même que sa bour-

fe, tant pour la délivrance de fon beau-
pere, que pour faire céffer les pourfui-
tes que la Juftice faifoit contre notre
Avanturier.

Il n'eut pas beaucoup de peine à dé-
gager le Pharmacien, fe fervant d'un
peu de faffran du Perou, duquel il
graiffa finement la patte du Médecin
qui agiffoit contre lui ; mais il lui fut
extrémement difficile de garantir Dom
Lucifuge de l'embarras où la Juftice le
vouloit mettre, pour le punir des folies & extravagances, où il avoit in-
tereffé tant d'honnêtes gens ; d'autant
que tout ce que l'on put obtenir en
cette rencontre, (tant en confidération de ceux qui vouloient bien s'employer pour lui, que pour l'eftime qui
fut faite des doublons qui furent donnez aux Officiers ;) ce fut une Ordonnance, par laquelle on lui enjoignoit
expreffément de fe retirer chez lui à
fept heures du foir en Hyver, & à huit
en Eté, avec inhibition & défenfe d'en
fortir qu'il ne fût jour, à peine d'en-
courir les peines publiées contre les
coureurs de nuit, les batteurs de pavé, & les perturbateurs du repos public.

De sorte que notre Avanturier se trouva contraint d'essayer à devenir sage, & d'obéïr à ce décret, dans la crainte de s'attirer une plus grande infamie. Et comme cette Ordonnance est d'assez fraîche datte, il l'observe encore aujourd'hui fort exactement; mais je prévoi que ce sentiment ne lui durera gueres, & je m'imagine que se laissant emporter au torrent de son naturel, & de ses vieilles habitudes, il ne nous donne bien-tôt matiere de composer un autre volume de sa vie.

F I N,

TABLE

Des Avantures contenuës dans le
Coureur de Nuit.

www.ingramcontent.com/pod-product-compliance
Lightning Source LLC
Chambersburg PA
CBHW071825020726
47502CB00004B/1243